文
景

Horizon

社科新知 文艺新潮

Orhan Pamuk

THE INNOCENCE OF OBJECTS

纯真物件

[土耳其]奥尔罕·帕慕克 著

邓金明 译

上海人民出版社

GAZ
375

看，在这沉寂里

万物归顺，似乎要吐露

它们全部的奥秘。

——埃乌杰尼奥·蒙塔莱《柠檬树》

目 录

纯真博物馆一楼的景象。展盒的序列开始于楼梯间对面墙上的2号展盒“香榭丽舍精品店”，然后沿着右边的墙，一章一章延续下去。

照片中可以看到68号展盒，“4213枚烟头”（在下面楼层门厅的后壁上），还有73号展盒，“芙颂的驾照”（在博物馆楼梯顶部的楼层上）。

前　言

奥斯曼末代王孙逸事

1982年，在伊斯坦布尔的一次家庭聚会上，我邂逅了阿里·瓦什比王子殿下，正是在那时，我心里萌生了建造博物馆的念头。王子贵为苏丹穆拉德五世的曾孙，本该登基即位、延续苏丹王位和奥斯曼王权。但这位耄耋老人自从1924年奥斯曼帝国垮台、土耳其共和国建立之后便被迫去国离乡，近来才获准以游客身份归国，而且拿的还是外国护照。其实无论王位还是政权，他都不在意，他唯一的愿望是能永远留在自己祖辈统治六世纪之久的这片国土。他住在亚历山大城，夏天则待在葡萄牙。在那里他呼朋引伴，与欧洲及中东那些被废黜的王孙贵胄一道消磨时光。（只有他能向我透露，伊朗国王礼萨·巴列维为何与其发妻法齐娅离异。）他的回忆录由其子奥斯曼·瑟拉赫丁·奥斯曼奥卢编订，2004年在他去世后才出版，名为《一个王子的回忆录：我在国内与流亡中的见闻》，书中披露了王子一生为生活窘困而忧心不已。他曾多年靠当检票员为生，后来成为亚历山大城的安东尼奥迪斯王宫及博物馆的馆长。“我负责王宫的管理和清洁，看管宫内所有物品。银器、水晶，还有家具，我可是重任在肩。”他大声说。我在《黑书》里写过一个奥斯曼末代王子，对这个话题自然是

博物馆进门的大厅。地板上刻画着时间螺旋图案，小说中描述过。它是亚里士多德观念的一个象征：时间是一条把每个不可分割的瞬间连接起来的线。像原子一样，物品被放置到中央楼梯所展示的钟表中，它们组成了54号展盒，“时间”。博物馆里的每一样物品，无论是盐瓶还是烟头，都能帮助我们记住这些瞬间，它们把时间转换成空间。

倍感兴趣。觥筹交错中，我打破砂锅问到底，这位老王子于是分享了许多逸闻趣事，其中就有关于法鲁克国王[1]的偷窃癖。

有一次，法鲁克参观安东尼奥迪斯王宫及博物馆时，神不知鬼不觉地打开了一个陈列室橱柜，顺走了一件他早看上的古董盘子，放到他自己在开罗的宫殿里。王子还谈起了王室被逐出伊斯坦布尔之前的那段时光，那时候他住在厄赫拉穆尔王宫。从加拉塔萨雷高中毕业后，他进入了位于哈比的军校，阿塔图尔克[2]也曾在那里学习过。我童年也在那里生活过，不过那已是大约四十年之后了。在脑海里，我依稀能看到那些荒废的王宫侯门，那条我生于斯长于斯的尼相塔什老街，也看到一个王子在上数学课。

王子正在找一份有薪酬的工作，好让他在半生流亡之后能在土耳其永久安定下来。但他抱怨说，没人愿意帮他。我们都心知肚明，这主要是因为土耳其的特工部门想阻止这个可能是最后一个奥斯曼苏丹的人成为一种政治象征。但众所周知，年迈的王子根本就无此野心，所以在餐桌上有人建议，阿里・瓦什比・埃芬迪或许可以在厄赫拉穆尔王宫谋到一份博物馆导游的差事，毕竟他在那里度过了那么长的童年时光。他对王宫生活了若指掌，也知道如何掌管一个博物馆，这难道不是解决他生计问题的一个理想方案吗?

有了这主意，王子和餐桌上所有其他人当即开始想象——是完全认真的，并无丝毫的讽刺意味——阿里・瓦什比・埃芬迪怎样向游客们介绍他小时候休息和学习的房间。我还记得，我后来以一个年轻小说家特有的标新立异的热情构建了这些想象："这里，先生们，"王子以他惯常的极为优雅的方式说道，"是我七十年前在侍从陪同下坐着学习数学的地方！"他会从那些攥着门票的观众

1 King Farouk（1920—1965），埃及穆罕默德・阿里王朝国王。——中译注，下同

2 Mustafa Kemal Atatürk（1881—1938），土耳其共和国首任总统，被誉为近代土耳其"国父"。

身边走开，跨过参观者的禁行线——老式的天鹅绒绳索悬挂在黄铜台座之间，和我们博物馆顶楼房间里的一样——在他年轻时用过的桌子旁再一次坐下。他拿着同样的铅笔、尺子、橡皮擦还有书本，再次演示他那时是如何学习的，而且他就从座位上向那些参观者打招呼："尊敬的客人们，过去我就是这么学数学的。"带着这种念头，我立即开始浮想联翩了，同时充当某个博物馆的导游和展品本身可谓其乐无穷，就像凯末尔一样，而在时移世易之后，向后世参观者细细描述一个人的一生，又是何等令人兴奋啊。这便是纯真博物馆真正的缘起，它既是一部小说——它的主人公凯末尔就体会到了这种乐趣——同时也是一个地点。我相信，小说和博物馆是同时诞生的。

MİLLİ PİYANGO
1977 YILBAŞI ÇEKİLİŞİ İKRAMİYE

53
KIRILAN KALBİN ACISININ VE KUSKUNLUĞUN KIMSEYE YARARI YOK
An Indignant and Broken Heart Is of No Use to Anyone
57
KALKIP GİDEMEMEK
On Being Unable to Stand Up and Leave
55
YARIN GENE GELİN, GENE OTURURUZ
Come Again Tomorrow, and We Can Sit Together Again

SANZELIZE
Şenay Şenler
KRALICE ADAYI

小说，博物馆，目录

我的王子不会是真的。但因为他会展示和讲述博物馆里的真实物品，参观者很快便会信以为真，就像他们惊愕地意识到凯末尔是一个真实的人一样。我想在一个博物馆里收集并展览来自虚构小说的“真实”物品，并写一部关于这些物品的小说。那时候，我还不知道博物馆会是什么样的，也不知道我的小说会采取何种形式。但我觉得，聚焦物品并通过它们来讲故事，能让我作品中的主人公迥异于西方小说中的人物——更真实，也更能体现伊斯坦布尔的精髓。我脑子里设想的是某种百科全书词典，里面的主题词不仅仅是物品（一个收音机、一个壁钟、一个打火机）和地点（一座公寓楼、塔克西姆广场、佩鲁尔饭店），同时也可以是概念（爱、焦躁、恐慌）。正如多年后在我的博物馆里我会探讨、描绘并阐明“焦躁”和“嫉妒”这样的概念，在这部词典里我也经常考虑如何阐明、解释并探讨这些概念。我身上那个作为画家的我，在二十三岁时就被我扼杀了，但仅仅十五年后，他就又试图从我灵魂深处冒出来，落到桌上，栖身纸间。

从七岁到二十三岁，我一直在画画，后来我决定成为一个小说家。我扔掉了自己的颜料和画笔，把画室也关了，那还是我利用母亲一间堆放旧物的废弃房间改装成的。这种转变让我把自己内在的画家的创造能量转移到写作上来，

从博物馆二楼楼梯间看到的73号展盒，“芙颂的驾照”。凯斯金一家在屋子里使用的物品，它们在放进展盒之前被放在栏杆旁边的玻璃架子上。

1970年，奥尔罕·帕慕克坐在位于贝希克塔斯小山上的家里，在阳台上画着博斯普鲁斯海峡上的帆影。

但它并没有完全消除我画画的欲望。甚至在写完《我的名字叫红》之后，我还设想创作以画家为主要角色的小说。在《纯真博物馆》之后，我仍梦想着写出以画家，更重要的是以他们的绘画作品为内容的小说。

1980年代，当我写《黑书》时，我脑子里经常有百科全书式小说的念头。1980年土耳其发生军事政变后，我的很多朋友失去了在大学的工作。也正是在那时，土耳其的百科全书出版出现了复苏和繁荣，一些朋友通过撰写百科全书条目和给出版商打工来糊口。在那个年代，新闻报纸通过优惠券兑换来分发百科全书，每个人都在分期收集百科全书。朋友们对我说："奥尔罕，你应该写一部百科全书式小说，它肯定卖得好。"作为一个决心在小说写作中搞些形式实验的年轻写作者，我对这些半开玩笑的建议是很当真的，而且在脑海里有过设想。

在最初的版本中，《纯真博物馆》就是一部类似于百科全书的小说——有编排好的一系列条目——关于爱，关于家庭，围绕凯斯金家庭和芙颂的物品构建叙事。1990年代中期，甚至当我在写《我的名字叫红》时，我就已经开始从伊斯坦布尔的古董店里搜罗凯斯金家会用到的物品——比如木梨刨子，它是66号展盒里唯一的物品——我喜欢遐想越积越多的物品有朝一日在某个博物馆被人欣赏时有多么美妙。当初我一定就是因此而想到，我能以博物馆目录的形式把这一切聚拢到一部小说里来，而且这个目录附有长长的细节和丰富的注释。正如博物馆目录里提供注释一样，我会向读者描绘某个物品，就好像我在向一个博物馆访客介绍它一样，我还要向他描述这个物品在我的主人公心头激起的回忆。头一件物品将是芙颂在与凯末尔做爱时遗落的耳环。我想在博物馆展示这只耳环，还要在小说化的目录里讲述这只耳环的故事。

2002年《雪》出版之后，我立即开始写《纯真博物馆》。带注释的目录的想法成为构建这部小说的理由，我已经把我整个生活和写作艺术都投入进去了，这是个痛苦的过程，我不能再干这样的事了。但我很快就意识到，如果我以带注释的目录那样写，我就不能充分探索或表达凯末尔和芙颂罗曼史的全部内涵，也不能通过物品来呈现整个时代的文化面貌。因此，我打算盖一座博物馆，小说将讲述博物馆展品以及博物馆如何诞生的所有故事。而带注释的博物馆目录的形式则不再有很大必要了。这时我想以传统小说的形式来写芙颂和凯末尔的故事。

我决定不再以分列条目的形式写这部小说，这多少解释了诸位现在看到的这份导览册子为何会存在。但正如所有亲临楚库尔主麻街参观博物馆的人所知，

《纯真物件》之所以有必要的真正原因是，我认为博物馆在完工之日时就拥有了自己的精神，它独立于小说而存在。

当然，小说和博物馆之间有一个强大的纽带：两者都是我想象的产物，都是我通过一字一句、一草一木、一步一景长年累月幻化而成的。这或许也是小说和博物馆各自讲述同一个故事的缘由。博物馆里展示的物品同时也在小说里得到描述。尽管如此，词语是一回事，物品是另一回事；词语在我脑海里创造的形象是一回事，而一件经年的老古董所唤起的回忆是另一回事。但想象与记忆之间毕竟有一种强烈的亲密关系，而这也是小说与博物馆之间密切关系的基础。

此外，正如人们即便不参观博物馆也能完全理解小说一样，博物馆也是这样一个按自己的方式被人参观和体验的地方。博物馆不是小说的图示，而小说也并不是博物馆的说明。

从楚库尔主麻街和达尔戈奇街的街角看到的博物馆。

芙颂的房子——博物馆的位置

为博物馆收集的物品越多，我脑子里的故事就越清晰。在熟人的房子里，或是在我母亲存放废弃锅碗瓢盆的老橱柜里——那儿还有她的瓷器、糖果碗以及用来做摆设的小玩意儿——我有时能看上一个中意的茶杯。有一天我会拿走它的，但用不着告诉世人它的归宿就是博物馆。我开始大肆搜罗 1990 年代以来的这些东西，好建造一个物件的世界来填充我的博物馆和小说。

起先，无论谁问我打算拿这些收来的物品干什么时，我都无言以对。“我想建个博物馆，而它的目录将是一部小说”，这样的回答似乎太过自负。但是，我给出的回答跟自己书里描绘的那个心碎的伊斯坦布尔收藏家是一样的：我要说，我是真的喜欢这个茶杯，但我会装作我并不知道会拿它们来干什么。这似乎是一种无伤大雅的怪癖。

事实上，我确实不知道拿这些越积越多的藏品怎么办。我相当固执，甚至像着魔似的去构筑关于一个博物馆和一本小说的幻想，但它的匪夷所思、稀奇古怪以及实现难度都让我感到惊骇。我知道，如果我把自己的梦想透露给家人、亲戚和朋友，他们会不依不饶竭力劝阻我，当初我下定决心成为一个小说家时，他们就是这么干的。他们会觉得我疯了，告诫我不要浪费精力，在土耳其从来没人会去博物馆的（毕竟我们生活在 1990 年代），而且无论如何，我并没有多

从凯斯金家的房子往外看到的景象，房子现在成了纯真博物馆，芙颂曾在这里画画，她母亲内希贝曾在这里缝补衣物。

少钱，靠自己的书赚的钱远远不够。他们或许是对的，但我仍旧对自己的小说和博物馆念念不忘；我继续乐此不疲地购买物品，存放在我的房子里，不告诉任何人缘由。

一旦我们卸下重担，不再与他人分享自己的梦想并让他们相信这些梦想的价值，艺术和文学的创造力便会立刻跃至兴奋的顶峰。对我而言，许多我敬重的作家和艺术家就是因为这个原因而离群索居，而不是因为他们脾性恶劣、喜好争讼。这也是为什么新思想往往不是萌发于文艺中心，而多从边缘地带出现。

在能够着手以所藏物品为基础写一部博物馆目录式的小说之前，我已经决定了凯斯金家位于何处，因为那所房子将是凯末尔和芙颂多年来的幽会之地，而且正如小说最后披露的那样，他会把它改建成一个博物馆。决定它的位置也就意味着决定了博物馆的位置。

事实上，为了说服自己相信博物馆计划和小说一样重要，我不得不买下房子。当然，在那种爱逛博物馆的、愿意满足自己文化热情的受教育人群的居住区，我买不起一座独栋的大房子。即便我能找到买得起的房子，我有足够勇气为了最终要把它改造成一个博物馆而买下它吗？我对我的博物馆有足够的信念以至于要为这个计划买下整个房子吗？

那时候，我的收入还不足以在尼相塔什买房子，那里是我的小说故事的发生地，也是凯末尔和我的许多作品人物生活的地方。但在离市中心和主干商业街相当近的后街，那里的房价还不太贵。在 1950 年代和 1960 年代，伊斯坦布尔的人口大约有一百来万，到 1990 年代中期，已增至九百万了，地价和房价也随之攀升。但在我的老伊斯坦布尔，仍然有一些犄角旮旯的地方是高攀的房价无暇顾及的。

所以我开始在吉汗吉尔和贝伊奥卢之间、从独立大街到托普哈内和加拉塔石塔附近的街区寻找出售的房子。到 2012 年春博物馆开馆时，这些街道繁荣

从博物馆这边的街区，能看到加拉塔和楚库尔主麻所在的西南山头；在照片接近中央的地方，加拉塔石塔的塔顶清晰可见。

起来了；旅游业的兴盛、国际购物连锁店的入驻以及老建筑的翻新，让它们焕然一新，给它们换上了新装和新面孔。但在1990年代它们仍旧像我儿时那样贫穷、破败和杂乱。其中有些街道依旧是用石板铺就的，因为所有街道在中世纪的伊斯坦布尔就已存在了。毗邻加拉塔石塔、从托普哈内到杜乃尔那些拔地而起的山上，仍然有许多制作塑料或铝制家庭用品和厨房餐具的作坊，机器和铁锤的喧响，从那些破败建筑的地下室里、从奥斯曼时期的遗迹里沿街流淌出来，在那里工匠们制作孩子们玩的红蓝相间的塑料足球以及各式各样的塑料盆子，芙颂家洗衣和洗碗时用的就是这种盆子。沿着加拉塔石塔到托普哈内，在那些街巷和咖啡馆里，聚居着吉卜赛人、因躲避安纳托利亚东部战火而沦为无业游民的人、库尔德人、穷人、非洲移民，他们过着动物一般局促的日子。我在这个街区寻觅公寓或是独栋房子。我的想法是，在那些奥斯曼帝国没落时期——那时候银行街还是整个中东地区的金融首都——建立的老公寓区里，在某个单人楼梯的顶层，找一间有着高高的天花板的公寓，就可以改建成一间博物馆了。在1990年代，我的收藏还是小规模的，我那个关于未来博物馆的梦想也还没有变得庞大起来。

当我为博物馆和我的故事寻找房子时，我想起了一段清晰的往事，那就是加拉塔一度是一个非穆斯林地区。远在1453年君士坦丁堡陷落时，加拉塔石塔及其周边——那些现在被称为贝伊奥卢地区延伸开来的街道、楼梯间、小巷和街坊——居住的人口大部分是“非穆斯林的少数民族”，奥斯曼统治者们用猜忌的眼光看待他们，尤其是当民族主义风起云涌、奥斯曼帝国濒于瓦解的时候。加拉塔地区曾经作为热那亚的殖民地被墙围起来，在1453年向苏丹穆罕默德二世投降，由于该地在奥斯曼帝国征服热那亚的过程中保持了中立，它被赋予一项特权，即这个地区的基督徒可以在接下来的五百年间逐步减少。1950年代我童年时，在加拉塔这片曾拥有奥斯曼时代最好酒馆的地区，伊斯坦布尔的基督徒们说的希腊方言被广泛使用，尤其是在商店里。若干民族国家（奥斯曼帝国的遗产）的建立、土耳其与希腊的人口流动、“二战”期间强加在少数民族身上的种族特种税、1955年9月国家实施的“大屠杀”、1964年强迫伊斯坦布尔希腊居民移民的行动，以及其他各种合法或非法的措施，把希腊人、亚美尼亚人以及犹太人驱逐出了这些街区；取而代之的是来自安纳托利亚各处的穷人和失业者。在苏联解体之后想谋份工作的前苏联居民、逃避战火的库尔德人以及非洲移民，也都栖身于此。

从1996年到2001年，每个工作日早晨，我把女儿如梦送到她学校，然后从位于贝伊奥卢的老法国领事馆和意大利领事馆之间的校门出发，有意绕道返回我在吉汗吉尔的工作室，在那些长长的漫步中构思那时正在写的书（《我的名字叫红》与《雪》）。那些年，我的小说头一次在西方世界被翻译出版。我在欧洲许多国家展开书的旅行。在演讲和访谈之余，我参观了一些小的后街博物馆，这让我心中充满了快乐。每当我参观这些博物馆——巴黎的古斯塔夫·莫罗博物馆、巴塞罗那的弗雷德里克·马雷斯博物馆，或是伦敦的约翰·索恩爵士博物馆——我就想我也能以自己的方式做点什么，在伊斯坦布尔的某个偏远地区建一个怪异的小博物馆。加拉塔、吉汗吉尔或是楚库尔主麻的大街上有一些上百年历史的老建筑，它们往往是希腊及亚美尼亚的建筑师和工匠设计建造的。每当我看到它们，我就问自己，有一天能否把其中一间变成一座博物馆，而且我会想象我是如何让芙颂和她家人在那些老墙里生活的，凯末尔又是如何去那里拜访他们的。

在我开办博物馆十到十五年前，这些地区贫困、破败和杂乱的样子常让我心情沮丧。它们还是我儿时那样，大部分道路需要经常维修，到处是没封好的洞穴，经常向街面喷吐泥浆。沿着老宅子和苔藓覆盖的花园墙，垃圾在那些空房子前成天到晚堆积着。无人理睬每个角落的标识——**禁止倾倒垃圾，倾倒垃圾者是蠢货**——人行道的暗处全被堆积的垃圾给占领了。一到晚上，街道就成了醉鬼、恶棍、强盗和流浪狗的家园。另外一件让我想到在这个地区开一间博物馆有多么困难的事是，自从1964年希腊人被驱逐出伊斯坦布尔之后，他们被抛弃的家园现在都被各种非法窃居者占领了，基督教布道所荒弃的房子变得阴森恐怖，这些房子的管理者遭到各种合法手段的恐吓和胁迫。除了这些状况，我也很清楚，在欧洲去小博物馆的人寥寥无几，但这些都没有让我的博物馆计划变得更加困难或不切实际；恰恰相反，后街博物馆的诗意点燃了我的梦想。如果我想在这些脏乱差地区建一个博物馆，展示能描画出伊斯坦布尔日常生活

加拉塔街区的一条街，阿卜杜拉兄弟工作室拍摄于1890年左右，纯真博物馆所在的房子就是在当时建的。

加拉塔街区的一条街，奥尔罕·帕慕克拍摄于1969年。

奥尔罕·帕慕克从他的工作室步行去博物馆沿途看到的街景。

的物品，那么我不会介意访客的稀少，反而只会对空旷博物馆带给四周的诗意气息感到满足。

更重要的是，我对托普哈内、楚库尔主麻以及吉汗吉尔那些街道怀有的依恋之情日益增长，而且我不仅渴望保护它们，也多多少少想要参与这些地方的日常生活。我延长了从女儿学校返回工作室的路线，探索那些我以前从未见过的街道。闻着面包房里飘散出来的芝麻面包和酥皮点心的香味、在一大早开业的街边店买份报纸、从食品杂货商那里买块水果以犒劳一天的工作、看着学校的孩子们四处疯跑——所有这些都让我快乐。在那些走着老路的日子里，我

奥尔罕·帕慕克每天早晨把女儿送到学校，然后沿着这条小街回工作室。

心情愉悦地看着同样的办公室职员和店主在同样的时间去上班，这让我觉得自己是社会的一分子。下午我返回时，这些街道到处是玩球的孩子们，流动商贩（废品经销商、土豆和洋葱贩子、肉丸和肝脏售卖者），在家门口站着或坐着打发日子的女人，还有猫。但在早晨，这些街道阒寂无声。商店橱窗里展示的物品（包装好的肥皂、洗涤剂、短袜、家庭主妇用的针织线、苏打瓶子、油酥点心以及瓶装泡菜）在初生的晨光中看起来非常可人，唤醒了我去触摸这些物品、去感受它们的纯真无邪的欲望。

我一度异想天开，想在我每天的行走路线上买一家街角小店，前后两条街

一大早，孩子们步行前往博物馆附近的学校。

上都有店门敞开，在那里我可以展示想象的“真实”物品，并在一部小说里讲述它们的故事。我对这个地方及街道的依恋，以一种奇怪的方式与一种画家的冲动混合在一起，这种冲动曾经试图从我的灵魂和我在欧洲博物馆里感受到的情感深处再度出现。这种感受控制了我，就像诗人们被诗歌所占据而无法说清他们是如何写作的一样。

1999 年夏天，在大地震过去六个月后，我在著名的楚库尔主麻大澡堂往下五十米远的地方买了一个房子。我带女儿每天去上学，途中步行经过它时，就看上了这座优雅但破败的建筑。我从一个经纪人那里知道它正在出售，而他

从楚库尔主麻街尽头看到的景象，远处博物馆依稀可见。

知道我正在找房子。房主是一个在伊斯坦布尔有很多建筑工程的建筑承包商。他通过拍卖买下这房子，由于还不确定拿它干什么，暂时把它作为工人的宿舍。当我查看这座房子脏乱的房间时，一个意外出事的工人正一动不动躺在床上，眼睛盯着天花板。承包商告诉我，像这个地区许多希腊人的老宅一样，房子常被用来储物或是由单身汉居住。我喜欢它通风的楼梯，朝向前后两条街道的外墙，甚至还有它的狭小，虽然在后来几年中我对这一点不无抱怨。但无论如何，我高兴自己找到了一个配得上芙颂的优雅房子。是的，芙颂肯定就住这儿。我对这一点确信不疑。

街区——楚库尔主麻

买下房子让我坚定了对博物馆和小说的信心。某种程度上，房子是我藏品的一部分——是其中最大、最贵，同时也最醒目的一件。在写《雪》的日子里，我想起我曾踌躇满志地跑遍了那个地区所有的古玩店，淘买满是灰尘的古旧厨具、胡桃钳子、有珐琅涂层的罐子以及玩具。这小小的建筑于1897年建成，那是1894年地震过去三年之后；它的外貌——老旧而破败，石灰剥落，裸露出里头生锈的钢条——呼应了我内心的乡愁。每次进入它黑黢黢、满是灰尘的内部，我都想象这里头曾有人过着一种鲜亮的橙黄色的生活。它离我的工作室有一刻钟步程；从房子返回时，我会逛逛斜坡道路尽头的古玩店，买些旧勺子、弯曲的开瓶器或是生锈的钥匙。我爱这些旧玩意儿，但我也想有个“新的”框架和“新的”环境去保存它们。

当我在楚库尔主麻大街闲步时，我意识到，保护这个街区旧事物的迫切愿望和我少年时急切想要画下伊斯坦布尔城市街道景观的感受是一样的。1968年，那时我十六岁，住在离这儿有十分钟路程的吉汗吉尔。为了画毕沙罗[1]式的印象派水彩画，我向下走到楚库尔主麻大街，拍些街景照片。1974年到1984年间，

1 Camille Pissarro（1830—1903），法国印象派画家。

吉汗吉尔和楚库尔主麻的街景，奥尔罕·帕慕克拍摄于1969年，当时他拍下来是为了画他的伊斯坦布尔风景画。

芙颂的和她的家人会住在这条街上。

在过去，对我而言，吉汗吉尔、费鲁兹阿迦以及楚库尔主麻像是远离市中心的偏远街区。1964 年的一个晚上，国家强迫国内的希腊居民迁回希腊。许多住宅、公寓、店铺以及办公室被匆匆腾空。但来自安纳托利亚的穷人和失业者汇成的洪流那时还没涌现，还没占据那些地方。这些街区一些地方看起来像是鬼镇。呼吸这种空气总让我无比忧郁，但它也加深了我去画画的欲望。

事实上，我们帕慕克家的人过去常在每次家庭口角之后搬到这些街区来，这也给吉汗吉尔和楚库尔主麻注入了一种伤感。我们不能隐瞒这样一个事实，

那就是搬入吉汗吉尔街杰夫代特·费里特公寓楼（那是我祖父在1930年代建的）那些空荡荡的房间，并不是什么好事。这些房间更小，在下雪的冬天，也比尼相塔什的帕慕克公寓要冷得多。这个地区许多高层公寓楼既没电梯也没中央供暖。当我要去那里住时，母亲给了我一个巨大的塑料箱子，并把我送到四条街以外的一家街角店，用箱子装满火炉用的煤气。是的，在1960年代，吉汗吉尔街一些便利店是卖煤气的，在一些贫困偏远村落也如此。一直到1990年代末，木头和煤炭还是由马车带进城的，然后被倾倒在埋入人行道的大储存箱里，这种情形和三十年前还是一样的。孩子们仍然在窄巷里踢足球，因为那儿没什么汽车。芙颂在楚库尔主麻大街度过了她的早年岁月。我十六七岁时用相机拍过这些地方，但我从没在这些街道看见过她。

这些街区的命运在 1980 年军事政变之后发生了改变。贝伊奥卢和楚库尔主麻一些后街的妓院被取缔。警察对扒手和抢劫犯不再讲情面了，而且他们更乐于去抓小偷。很快国外的外交官和记者们发现了楚库尔主麻，被它的老伊斯坦布尔风情所吸引。他们随那些广告人和知名作家一起在 1980 年代初搬进了这些街区，那时候芙颂还住在那里。耶希尔恰姆——土耳其的好莱坞——就在附近。那些年里，我在写一些电影剧本，经常在贝伊奥卢的帕披鲁斯咖啡馆喝酒。这地方可不像佩鲁尔，后者是电影圈的人偏爱的一家酒吧，芙颂经常随费利敦和凯末尔光顾那里。这个地区的咖啡馆进出的都是一些电影布景工人和临时演员，他们在电影里客串一把，有时也干点技术活。从芙颂家往下的斜坡地段住着一些单身妈妈（每个人都有地痞流氓充当她们的护花使者），她们在那些廉价的小型夜总会和盖奇诺歌舞厅[1]工作，演奏土耳其和欧洲的音乐及民谣。当我们在 1960 年代末搬到吉汗吉尔时，那些地痞流氓深更半夜的斗殴常把我们吵醒。1970 年代中期，我把成为画家和建筑师的想法搁到一边，住在这个街区公寓楼一间空荡荡的房子里，努力完成我的第一部小说。有时候，那些想泡吧妹的酒客会和那些图财害命的打手大打出手，没完没了，我们这些住在潮湿房子里的居户，只能愤怒地朝那些酒客扔空瓶子、电灯泡和橘子，希望街头喧嚣能消停点，好让我们继续睡觉。在较高的楼层，我们都尽力过着一种“正常”的中产阶级生活；毫无疑问，我们的狂怒也是对我们下面冰冷街道上那些贫困、堕落和耻辱的一种回应。

---

1 Gazino，土语中有“夜店”“娱乐场所”之意，观众可以一边吃喝一边观看歌舞表演，1960年代至1970年代土耳其的盖奇诺文化达到鼎盛。

而吉汗吉尔、费鲁兹阿迦以及楚库尔主麻这些街区——被碎玻璃、垃圾、烂泥、坑穴以及各种脏东西所覆盖——也因此开始朝这个城市新兴的中产阶层敞开。楚库尔主麻的跳蚤市场以及光顾这个市场的城市新一代收藏者，在这个敞开过程中起到了重要作用，而我直接见证了这一切。事实上，即便到1990年代，楚库尔主麻的跳蚤市场也不大，只有为数不多的几家旧货商店。顾客主要是中产阶级，或是一些想买点便宜旧桌子、旧橱柜以及二手锅碗瓢盆的穷人。偶尔也有来自尼相塔什和别别喀等富人区的年轻夫妇顺道光顾那些较有名气的店，为他们的新居淘一盏老式台灯或是一座装饰钟。承蒙他们的光顾，一些店主开始自称为古董商。

到1990年代末，也就是我开始为设想中的小说和博物馆收集物品时，楚库尔主麻的跳蚤市场开始飞速发展，向下延伸至街区地势更低的地段，向上则延伸至吉汗吉尔一些消费水平更高的街道。伊斯坦布尔许多旧货商店长期任由货品堆积，一些店铺这时开始归类和整理存货，处理那些堆积如山的落满灰尘的货品。有的店甚至在主干购物街开了分店。卡帕勒恰舍大市场的狭窄后街上曾有一两家店，一直在市镇另一头，现在也搬到楚库尔主麻的街巷里了——我跟它们的店主颇熟，从他们那里买过老式怀表和1970年代的打火机。这个时期，许多出版社和杂志社也把总部从金角湾对面的海滨搬到了这些街道上来。为这些人服务的饭馆和咖啡馆带来的变化是如此之快，席卷一切，以致我们这些居户，十年前还只是对那些早已不是秘密的妓院、窃贼以及街区治安感到不满，现在则开始抱怨这种拥挤和躁动了。

在我为博物馆和藏品忙活的那个时期，一些更低地势的街区以及蜿蜒至托普哈内的老街，仍然保持着它们“遥远而偏僻”的特色。就像贝伊奥卢的后街以及那些向下通向塔尔拉巴什和卡辛姆帕萨的山地，这些地区接纳了安纳托利亚和国外的移民。来自非洲的移民会在某一年突然降临某个地区，在那里安家

ÇÖP
DÖKMEYİN.

落户——他们曾经就是这样干的，让吉卜赛人住地附近的托普哈内背负重担。第二年我们就会看到，一个库尔德酋长和他的随从搬进位于楚库尔主麻坡道顶头的费鲁兹阿迦清真寺下面的地区，开店做生意，对政治敬而远之。我注意到，这些相对平静街区的居民流动性很强；除了这些移民和世代居住于此的家庭，其他的住户多是学生、办公室工人、未婚的人以及频繁跳槽的年轻人，他们都在寻找便宜的房屋租住。

我在楚库尔主麻买了栋房子而且要把它改成博物馆的消息，很快就传开了，但没人知道它会是什么样的，包括我自己在内。不管怎样，2002 年之后我女儿的学校已经在另一个地方了，现在只有当我想买东西时，我才来这个街区，而且我惊奇地注意到跳蚤市场离博物馆更近了。

2005 年至 2007 年之间，我遭受了日益增长的政治压力，面临国家法庭对我的指控，国家在策划了主流报纸对我的恫吓攻击之后，又将我强行纳入保镖的保护之下。但我仍会偷偷溜进冰冷空旷的博物馆里，尽力去想象芙颂和她的家人以前是如何在这里生活的。一些报纸拿我出国躲避政治压力和死亡威胁的新闻四处炫耀，得意扬扬，所有人都认为我再也不会回到伊斯坦布尔了。在那些日子里，受困于保镖的监视和敌对报纸的恐吓，我常常觉得我再也无法开办这个博物馆了。

一旦我脑子里出现博物馆无法完成的想法，我就充满了一种强烈的解脱感和平静感。但几天后，我发现自己的感觉是相反的；我体验到了那种被打败而无法实现自己梦想的人的悲伤，我崩溃了。为了完成博物馆的工作，我不得不更频繁地前往伊斯坦布尔。当朋友们告诉我这是在冒险时，我的答复是：“为

凯斯金家房子的景象，那时候奥尔罕·帕慕克还没开始把它改造成博物馆。右上角的照片能看到花园的围墙，街上的孩子经常把足球踢进墙内找不回来。墙上的牌子写着：**禁倒垃圾！**

了博物馆我不得不去。”他们委婉地问：“这博物馆是干什么的，这么重要？”对这个问题，我尚未有一个完整的答案。似乎有某个奇怪的魔鬼——一个来自《一千零一夜》的神灵——控制了我，强迫我去开办这个博物馆。也就是在这时，我决定在筹办博物馆之前，必须首先完成并出版自己的小说。

2006年获诺贝尔文学奖前后，我正忙于《纯真博物馆》的收尾工作，那时每个人都以为我在国外，但我时不时会拜访这些街区。我会观看孩子们在门口堆满垃圾的房子旁喧闹地踢足球，也会聆听那个走街串巷的菜贩用低沉、悠扬的嗓音兜售他的货品，他在博物馆门前开店营业，每天一个半小时，多年来都如此；这让我感到快乐。有时孩子们会认出我，正如我最初买下房子时他们问我的：“帕慕克先生，您的博物馆什么时候会开张？我们的球掉进您的花园了……”我希望有一天在房后小花园里能开一家博物馆商店，但现在花园大门紧锁，锈迹斑斑，里头堆满了金属百叶窗和杂物，连我都进不去。十年来，我告诉那些孩子，一旦我的博物馆开业，我会把花园院墙里头他们弄丢的球还给他们的。当小说完成时，我们的博物馆才开工；到我们拿到那些球时（总共有十八个），它们都已经软塌塌的，气都漏光了。我把其中的一个球放在38号展盒里了，我希望它既能让我们回忆起凯末尔和朋友们的夏末布鲁斯，也能让我们想起街区孩子踢足球时的欢乐喧闹。

当我们往博物馆里摆放物品开始布展时，街区内的商店店主经常问我何时开馆。读过小说的游客和本地人会光临楚库尔主麻街，询问店主们博物馆在哪儿。有一次我目睹了这样的情形发生，我很高兴地期待我的旧货商人朋友们能以正确的方式答道：“芙颂家就在这条街往下去的地方！”

暴殄天物

1990年代之前，楚库尔主麻跳蚤市场最早有一些商店，它们的里间和临时储物间里堆满了非穆斯林（尤其是希腊人）1950年代被迫迁出伊斯坦布尔时留下的东西。但这些东西——亚美尼亚语和希腊语的古老律书和史书、照片、旧身份证、银行表单、烟灰缸、眼镜、小装饰品、过期护照，以及这些街区的基督徒们留下的其他一些古怪玩意儿——对这个时期逐渐出现的土耳其新中产阶级和收藏者来说并没有多大吸引力。像那些收藏豪车的印度王公一样，这批最早的收藏者关注的不是旧时纪念物，而是一些与过去无关的东西，比如美国香烟盒和外国明信片。

不仅仅是对非穆斯林的遗产，西化的中产阶级对伊斯坦布尔的过去以及在这个城市街巷里生活过的人们的一切，都有一种根深蒂固的漠视。相对世俗的新一代，作为共和国的产物，他们对奥斯曼文化、它的物品以及所有用阿拉伯字母——一种古老的文字体系——或奥斯曼土耳其语书写或印刷的东西，也同样漠不关心。他们既不知道也没兴趣去知道这种古老的语言和这些古老的物品。1950年至1980年间，这个城市变得更加富有，更加现代，奥斯曼时期和非穆斯林居民所遗留下来的东西——印刷品，品质极好的摄影设备，大量报纸、家具、书籍、旧钞，以及塞满这个城市旧书店、古玩店和跳蚤市场的各种小玩意

楚库尔主麻的一家商店正处于从旧货店到古董店的缓慢转变中。

楚库尔主麻一家古董店，右边椅子上堆放着装订成册的希腊语报纸。

儿——被大量焚毁，化成纸浆，或者以其他方式毁灭。在这场大屠杀中唯一幸存下来的，是那些看起来有用或是可爱的，能在伊斯坦布尔不断增长的流动人口的日常生活中觅得一席之地的物品，比如烟灰缸、水壶、胡桃钳子、咖啡研磨机以及旋转木马。这次破坏留下了一种可怕的真空，类似于 1950 年代兴起的焚烧城市木宅所造成的后果，或者是 1960 年代中期我在楚库尔主麻和加拉塔的街区看到的景象。

某种意义上，这种真空是必要的，正是因为有了它，对城市历史感兴趣的新一代收藏者才得以出现。我人生中的一段插曲就解释了这种真空对精神造成的影响，尽管此后四十多年来人群令人吃惊地涌入吉汗吉尔—楚库尔主麻—加拉塔地区，但我仍能感受到这种真空。

楚库尔主麻一家旧货店的橱窗里，物品被胡乱摆放在一起。

1973 年，我把当画家的梦想抛诸脑后，建筑专业的学习也半途而废。在我姨妈的丈夫、保守的诗人谢夫凯特·拉多的帮助下，我开始去跟随一位老先生上书法课。他属于最后一代奥斯曼书法家。每周一次，我穿过金角湾前往书兹涅西雷后街的一间老宅，和少数几个学生在一起，他们像我一样热情洋溢，但却比我更顺从、更有天分，也更有耐心。在这里，我通过手上的芦苇笔和面前的墨水瓶，努力去解开奥斯曼书法的奥秘，同时也驯服自己的双手和精神。在奥斯曼帝国覆灭、阿拉伯字母被拉丁字母代替之后的五十年间，那些在今天成为博物馆珍稀藏品的书法范本当时却很容易找到。但是，除了一两个像我姨父那样的本地热心人，以及那些也许一个月才碰一次面的末代书法家，没有谁对这些东西特别感兴趣。从焚烧中幸存下来的木宅里曾发现一些无与伦比的书法板，但有时在收藏者赶到之前，它们就已被毁掉了。

过了一段时间之后，书法课我去得少了。我开始意识到，这种艺术极大依赖于对权威、规矩、机械学习以及匠人手艺的顺从，它不适合我。多年后，只要我想起自己学书法的那段短暂经历，内心就充满了罪责、后悔乃至一种奇怪的愤怒。我错过了洞悉书法奥秘、与这个行将消亡但依然伟大的传统产生联结的机会。但是，从这件事上我体会到的不单单是罪责和愤怒。从我妹夫和那些书法家所讲的故事里，我了解到，不仅仅是那些书法板被以草纸的价格论公斤卖给了废品收购商，然后被捣成浆用来做购物袋，整个高雅的奥斯曼传统的残存部分都正在逐步遭到毁坏。我父亲的一个朋友系统地收集了奥斯曼时期的硬币，并为它们写书——他是一个奇人。他说那些两三百年前的奥斯曼硬币只要一落入卡帕勒恰舍的珠宝商之手，立马就会被他们熔成银块。

听着这样的故事，我感受到一种古怪的羞愧。我既没有能力也不知道如何去停止这种暴殄天物的浪潮；更重要的是，就像我那些热衷于阅读写作并对文艺感兴趣的朋友一样，我倾向于用另一种方式去看待一切，我更关注西方文学艺术的典范，也更愿意用这种方式来表达自己。

时至今日，我感到，有抱负的作家和画家与在文化真空中开展收藏的前卫收藏家们，在观点上很大程度是一致的。尽管第一代收藏者们一谈起历史和记忆就会有许多高谈阔论，但他们并不打算去保护往昔生活的痕迹，而是为自己定义一种新的身份——以及随之而来的新的未来。

楚库尔主麻一家旧货店的桌上，存放着几代当地店主留下的五花八门的秤。

另一家旧货店里的出租车计价器。伊斯坦布尔政府直到1980年代才要求出租车使用这种计价器。17号展盒，“我的整个人生和你的连在了一起”，展示了与此类似的机械式计价器。

858
TARIFE
DOLU
TAXIMETRES
PARIS
SOLID STATE

71

物的等待

新一代收藏者坚持搜罗所有与电影有关的纪念品：免费的电影海报，挂在厅堂的照片以及相关的个人用品，它们是从那些在电影工作室、影院以及海外电影发行公司工作的朋友手中流出的。他们收藏这些物品，但并没有给它们好好分类，于是报纸和古董很快就在房子里堆积如山。他们的家可以说像“垃圾房”，又像物品亟待分类的博物馆储物间，但实际上并不是。

这些房子证明了囤积者对物品难以控制的迷恋。我总喜欢在这种灰扑扑、带点霉味的陈旧空气里呼吸，但要进入这些房子不是一件容易的事。囤积者们脾气很差，容易嫉妒和沮丧。这些难以舍弃的藏品，让他们和家人变得疏远；大多数时间他们都孤零零地待在灰扑扑的房子里，这些房子塞满东西，变得像一个寄物柜。据我所知，1960、1970 年代就有许多房子仅仅是书籍和报纸的储藏室。在土耳其，建博物馆、存档以及收藏的传统并没有西方那么普遍，于是那些过着古怪的囤积生活、被乱七八糟物品包围的人，很快就厌烦于老要解释自己和自己的收藏，开始悲哀地调侃自己“有病”——借用他们家人、朋友尤其是邻居的话来说。这些“有病”的收藏者很清楚，他们对物品的迷恋根植于心碎的个人记忆和悲伤的生活经历，但他们也真诚地相信，为这个蔑视他们的社会做贡献是十分重要的。就像西方一样，土耳其总有一天也会变得富有，

物的力量激发了凯末尔的记忆，使他想起他曾经想当个收藏家。摆放在二楼栏杆后玻璃橱柜里的钟表，使他的想法在他想象中的博物馆里变成现实。

奥尔罕·帕慕克的桌子，可以看到他当时正在写《纯真博物馆》。

博物馆、图书馆以及档案馆会建立起来。到那时，每个人就会明白藏品的价值，可怜的囤积者也会成为受尊敬的人物。而现在，他们正在耐心守候。他们既不能出售这些藏品，也没办法把它们整理成册（电影道具和电影海报之类的藏品后来也常这样）。他们的电话铃从未响起。可是，从他们在房子里耐心的期待中（这些可能是私人家庭博物馆最早的榜样），我能看到他们作为一个社会神圣遗产的极具耐心的守护者、作为一种象征和旗帜所具有的尊严。然而，与欧洲那些让我精神振奋的小博物馆不同，这些家庭博物馆——里头有报纸、牌匾和书籍，堪称无价之宝的老收音机，破碎的时钟以及咖啡研磨机——实际上并未引起我的自豪感，反而让我心里充满了羞愧。在这些第一代的伊斯坦布尔家庭博物馆里，我感受到一种穷人的无助，他们习惯于攥紧一切将来哪一天可能会有用的东西，他们不能抛弃任何东西，即便最琐碎的物件——旧衣旧鞋、空瓶子、纽扣、报纸，甚至塑料袋。

1990年代中期，当我在欧洲旅行，出于癖好参观城市里巷那些无人问津的小博物馆时，伊斯坦布尔囤积者们的私人家庭博物馆经常进入我的脑海。所有小博物馆唤起的感受是相似的：在某个特定街道、社区或城市，人们过去是如何生活的；他们后来又是如何离开的，在身后留下旧报纸、许多纸张和物品、图画、照片以及家具。一个业余的收藏者，或者一个能建博物馆的有钱人，相信离开之人或逝者留下的物品的价值，就会开始收藏和保存它们。现在需要新一代收藏者通过往昔人们留下的物品去重建他们的生活和历史了。

欧洲的后街小博物馆跟伊斯坦布尔心碎而急躁的囤积者们塞满物品的家一样，参观者寥寥无几。守门人在角落昏昏欲睡的景象，镶木地板在我脚下发出的吱吱声，让我感受到一种可怕的博物馆的寂静。城市的喧嚣、汽车的喇叭声以及玩球的孩子们发出的尖叫和欢笑声，时不时从紧闭的、覆有百叶窗（和我博物馆里完全一样）和厚帘子的窗户透过来；我能感觉到，在那些物品中间有一个与我所处的时代截然不同的时代。

2002年到2005年间，我在伊斯坦布尔，轻松惬意地写我的小说。一个冬日清晨，当我走进楚库尔主麻一家普通古玩店时，相同的感觉又涌上心头。步入寒冷、灰扑扑的店里，我进入了过去。冬天里，这些店在白天门可罗雀，每当听到外头汽车的喇叭声和轮船的汽笛声，我都意识到我之所以去博物馆和跳蚤市场，是想让自己远离城市的嘈杂和躁动。

在旅行中我总是去寻找那些小博物馆。我发现最迷人的地方就在于，那些原本在厨房、卧室以及餐桌上使用的物件，只要聚集在一起，就形成了一种新的质地、一种无意中凸显而出的关系网。我意识到，只要带着爱和细致去安排，博物馆里的物品——一张老照片、一个开瓶器、一幅画着小船的画、一只咖啡杯、一张明信片——会获得比以前更大的意义。我不得不把这些奇怪的照片和用过的物品摆放在桌上，重新想象它们是那些活生生的人生活的一部分。

桌上笔记本旁的物品——生锈的钥匙、糖果盒、钳子以及打火机——我看得越久，就越感觉到它们在彼此交流。它们从原来的地方脱离出来，与原先所属之人的生活分隔之后，最终留在此处——总而言之，它们的孤寂——唤起了我一种萨满教式的信仰：万物有灵。

当我在一个店里发现一件特殊物品，而且兴之所至，认为它能编进我的故事，我就会毫不犹豫地买下它；在回工作室的路上，我会一直很高兴。虽然大部分时间，我两手空空，找不到什么能写进我的小说的东西。有时我也会仅仅因为发现一件东西可爱、有趣或不俗而买下它。然后我把它放到桌上，乐观地相信它在凯末尔和芙颂的故事里自然而然会派上用场。

只要我一产生这种奇妙的乐观主义，我常被人问起的那个让人心烦的问题——“为什么你要建这个博物馆？”——就会被抛诸脑后。在这些充满希望的时刻，当我力图让自己相信我知道自己所作所为的终极意义及其指向时，我就会想象在博物馆完工之日，我会询问人们这个问题：为何旁人从未想过，在一个故事里把一部小说和一座博物馆结合在一起？我筹建博物馆的思路和我那些业已刊行或尚未成文的小说如出一辙。假若某人建了一座安娜·卡列尼娜博物馆，找到一种方式去展示小说里的物质世界，我会毫不犹豫地前往参观。绘画艺术在伊斯兰国家并不发达，画廊在整个亚洲也不很普遍。在这些国家，唯有博物馆试图讲述人们的故事，不是通过绘画而是通过人皆识用的物品，它们能触动参观者共同的人性。

在我感到乐观的某个时期，当我想到这一切时，我曾梦想如果哪天我要创

在奥尔罕·帕慕克的桌上，有一张凯末尔父亲秘密情人的照片，还有他买给她的一对耳坠，旁边是《纯真博物馆》的打印稿，上面有帕慕克删改的手迹，这一页稿子来自第21章，《父亲的故事：一对珍珠耳坠》。这张照片很可能来自跳蚤市场，因为背景里有一艘轮船，这艘轮船使得照片有了收藏价值。

办纯真博物馆，我需要写一份博物馆宣言。在这份不卑不亢的宣言里，我要回答的问题并不是“为什么你要建这座博物馆？”——事实上，那是一个我从来都不想去完整回答的问题。而我想做的是，凭我的个人经验去阐释新的博物馆应该如何建立。

一份谦逊的博物馆宣言

我爱博物馆，而且并非只有我有这种感觉，博物馆能让我在每个逝去的日子里更加快乐。我很重视博物馆，而这有时会使我变得易怒和强势。但我并没有因此而带着怒气去谈论博物馆。在我童年时，伊斯坦布尔的博物馆非常稀少。大部分是些历史遗迹，或者是西方世界之外很少见的那种带有政府办公室气息的场所。后来，欧洲的后街博物馆让我意识到博物馆——就像小说一样——也能为个体发声。这不是说要贬低卢浮宫博物馆、大都会博物馆、托普卡珀皇宫博物馆、大英博物馆、普拉多博物馆、梵蒂冈博物馆——所有这些人类的宝贵财富。但我反对将这些保存珍贵遗产的馆所当作未来博物馆的蓝图。博物馆应该去探索和揭示在那些发展中的非西方国家里出现的新的现代人的世界和人性。而大型国家博物馆的开办目的是代表国家。这样的目的既谈不上美好，也谈不上单纯。

我想把我的想法依次概述如下：

1 像卢浮宫博物馆、冬宫博物馆这样的大型国家博物馆已经成形，随着一些王室和帝国宫殿对公众逐渐开放，它们基本上已经沦为观光目的地。这些馆所现在作为国家象征，表现的是国家的故事——换句话说，就是历史——它的重要性远远凌驾于个人故事之上。这是不幸的，因为个人故事更适宜于用来展现我们人性的深度。

2 我们能看到，宫殿到博物馆的转变与史诗到小说的转变是一个并行的过程。史诗像宫殿，讲述的是居于其中的老国王的英雄冒险。而国家博物馆本应该像小说，但它们没有。

3 我们并不需要太多的博物馆去力图建构社会、群体、团队、民族、国家、部落、团体或物种的历史叙事。我们都知道个人平凡和日常的故事会更丰富、更具人性，也更富有乐趣。

4 展示中国人、印度人、墨西哥人、伊朗人或土耳其人的历史及文化的价值，这不是问题——这些当然必须要做，但并非难事。真正的挑战是利用博物馆去讲述生活在这些国家里的个人的故事，赋予它们同样的光彩、深度和力量。

5 衡量一座博物馆是否成功，不应该看它是否有能力去表达一个国家、民族、团体或精挑细选出来的历史，而应该看它揭示个体的人性的能力。

6 让博物馆变得更小型化、更个人主义、门票更便宜是必要的。这是它们从人性层面来讲故事的唯一办法。那些高门阔户的大博物馆号召我们忘记我们的人性，转而去拥抱国家和它的人民大众。这就是为什么西方世界外的无数人害怕去博物馆。

7 博物馆现在和未来的目的不应是表现国家，而应是重建人类个体的世界——成百上千年来，正是这些人在无情的压迫下劳作着。

8 流进那些纪念碑性的、象征性的博物馆的资源，应该被分配给那些讲述个人故事的小博物馆，应该用这些资源来鼓励和支持人们把他们自己的小家庭和故事变成“展示”的空间。

9 假如物品没有脱离它们原本周围的地方和街道，而是被精心而细致地放置在它们自己家里，它们就已经保存了自己的故事。

10 占据街区和整个城市的纪念性建筑不会呈现出我们的人性；相反，它们只会碾碎它。事实上，我们需要的是谦逊的博物馆，赋予我们身边的街区、巷道、家庭以及店铺以尊严，把它们变成展示的一部分。

11 博物馆的未来在我们自己的家里。

实际上，这幅图景非常简单：

我们拥有	我们需要
史诗	小说
陈述	表达
丰碑	家庭
历史	故事
国家	人们
团队	个人
巨大而昂贵	小巧而价廉

藏品目录

凯末尔·巴斯玛基和奥尔罕·帕慕克的藏品被放在橱窗、展盒里以及楼梯下展示，展品的安排与小说的章节相对应。其中第 24、33、48、50、52、61、62、75、76、77、78 以及 79 章（全书 83 章）所对应的物品还无法展示，因为有些展盒和陈列柜的组合还未完成。我们把那些未完成的展盒用舞台幕布半遮起来，以示区别。芙颂死后的第 80、81、82 以及 83 章，它们所对应的物品按照一个不同的陈列逻辑，放在楼顶房间里展示。

我一生中最幸福的时刻

I

2

香榭丽舍
精品店

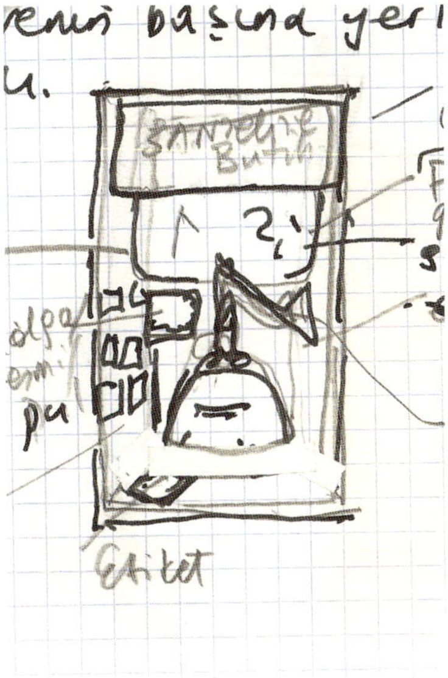

Hiltonda tertiplenen ilgi
çekici moda defilesi

Geçenlerde İstanbul Hilton salonlarında Yardım Sevenler ve Çocuk Dostları Dernekleri yararına iki ayrı moda defilesi tertiplendi. Bu gösteride, şehrimizin tanınmış bir moda atelyesi çeşitli modeller takdim etti. Yerli tekstil endüstrisinin ve Türk zevkinin canlı bir örneğini veren bu defileyi şehrimiz sosyetesine mensup 600 davetli hanım büyük bir ilgi ile takib etmiştir. Üstte, defileye katılan genç ve güzel mankenlerden (soldan) Aylâ, Suna, Elgin, Güler ve Lâle Belkıs görülüyor.

在希尔顿酒店举办的迷人的时装秀。图片下的说明文字写道："最近在伊斯坦布尔希尔顿酒店组织的两场时装秀，意在为消除贫穷和关怀儿童的慈善活动募捐。本城一家知名时尚工作室为时装秀提供了全套服装。这场活动展示了本地纺织工业和土耳其风情，引起了六百多个受邀者及所有名媛淑女的极大兴趣。上图是参加时装秀的青春靓丽的模特们：从左到右，阿耶拉、苏纳、埃尔金、古勒和拉莱·贝尔克斯。"

我做第一个展盒时不大担心，围绕芙颂留下来的耳环来布置就行了。但当我开始做第二个展盒时，我在布置整个博物馆过程中所面临的主要问题一下子凸显出来：我该采用什么样的组合逻辑来放置展盒里的物品？每个展盒应该是什么形状？在小说写作之前和写作过程中，我已收集了一些物品，比如芙颂的黄鞋子和铜铃。我还跟伊斯坦布尔的工匠一起，动手做过仿冒的热尼·科隆牌包——包的名称来自浪漫主义诗人热拉尔·德·奈瓦尔的情人；而且我还发现了"香榭丽舍"的老商标。所以现在我问自己，我应该根据物品在书中出现的先后次序来把它们放进展盒里吗，还是说，我用它们另造一个不同的场景？当我为这些展盒费尽心思做选择时，博物馆会耽搁几个月——哦不，几年——才能完工，这让我喜忧参半。不，我不能仅仅只是依次来展示这些物品，就像书架上的书一样。这些展盒必须有一种特别的布局和气息；它们每一个必须有一个独特的灵魂。有一天我灵感大发，用一支铅笔勾勒出这个展盒。我们根据那个设计把物品放进匣子里，一点一点移动物品，通过试错来让它们摆放在最适宜的位置。就这样一个接一个地构思展盒，让里头的物品焕发出自身的美丽，这一过程给博物馆增添了抒情性的意味。

这张墙纸的图案灵感来自都柏林切斯特·贝蒂图书馆收藏的一份莫卧儿手稿的页边装饰图案。

3

远房亲戚

我的母亲开始绘声绘色讲起她父亲（也就是我的外公埃特海姆·凯末尔）的故事。他和阿塔图尔克同年出生，而且跟国父一样，后来也上了塞姆西埃芬迪学校，这能在我多年后找到的学校照片上看到。他好像在跟我外婆结婚之前很多年，在他二十三岁时仓促娶了第一个妻子，也就是芙颂的曾外祖母。她是波斯尼亚人，在巴尔干战争期间，人们逃离埃迪尔内时去世的。尽管这个可怜的女人没有给埃特海姆·凯末尔生育一男半女，但她“还是个孩子时”就嫁给了一个贫穷的教长，生了一个女儿名叫米赫利维尔。

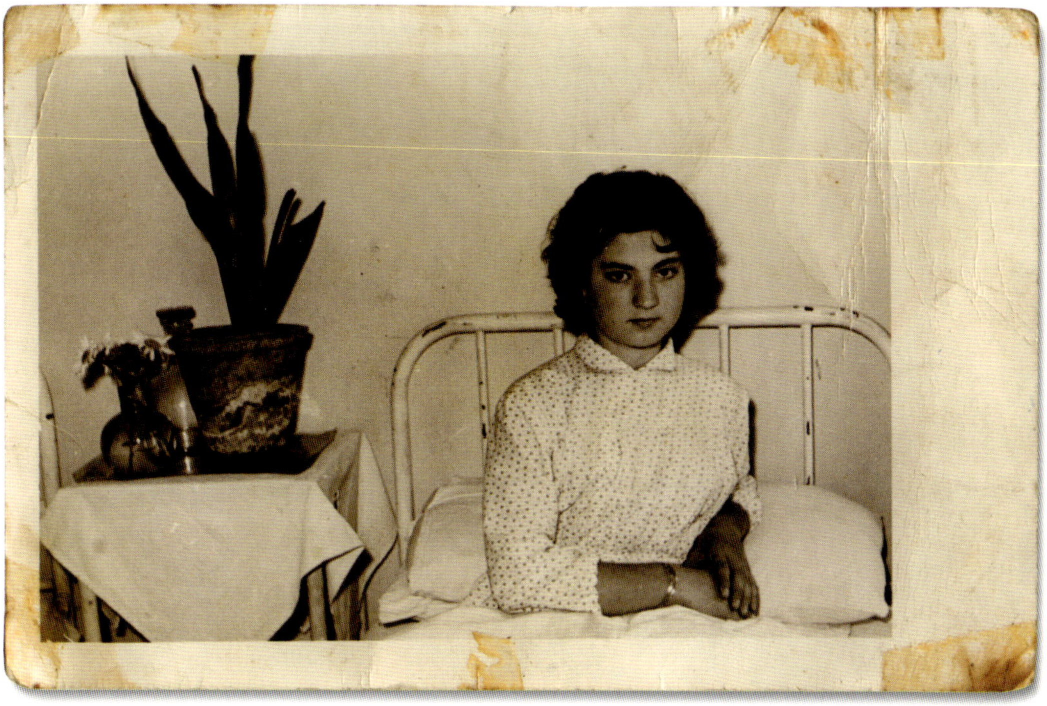

登门拜访的裁缝

在这张照片里，来我们家的裁缝坐在缝纫机前，让我想起那些自信而乐观的长跑者。所有的裂口都要缝补，所有的线缝都要接上，而且所有这些细碎活和新衣裳都要赶在一天结束前完成。我小时候，尤其是在 1964 年以前的伊斯坦布尔，大多数上门裁缝是希腊人或亚美尼亚人，但对城郊那些较保守的家庭来说，女人出入更方便，做针线活的都是穆斯林女人，就像芙颂的母亲一样。裁缝们带来了《博达摩登》以及类似杂志里找来的服饰图样，一些印度纸[1]，时尚杂志，硕大的缝纫剪刀，五彩斑斓的布料，还有各式各样的线轴和针线盒。裁缝的到来吸引了婶婶们以及其他楼层的街坊邻居们，她们一边过来饶有兴趣地观看，一边做自己的针线活。玛丽卡夫人是我母亲和凯末尔母亲的裁缝，她嘴里总是含着五到六根针，让我们这些孩子惊骇不已。她会把这些针拔出来给她量的布料做标记，也能很灵巧地满嘴含着针跟人聊天。她会指着一本随身携带的法国时尚杂志里的一幅图片问："我能做这样的衣领吗？"她告诉我们她给别人做过类似的衣领，还唠叨着谁跟谁订婚之类的家长里短。只要她一开始谈自己的家庭——她在雅典的女儿和她已退休的丈夫——我就觉得，伊斯坦布尔所有的家人和家庭都是相似的。

1 印度纸，一种用麻或碎布制成的薄而不透明的纸。

4

在办公室做爱

一起拍照摆姿势的乐趣

我们独自拍照时，不免面带戚容，顾影自怜，但我们一起拍照时，却变得快活自在起来。这肯定是因为我们在人群中能放松下来、不引人注目的缘故。当我们和他人一起拍照时，相机不再是一个侵扰之物，而是一个时间胶囊，通过它我们能看到未来的情形。从此以后，在无数岁月中，我们会看着照片回想起过去那些时刻：我们安排的同事聚会；我们所有人坐轮船去大卡达岛；我们穿着童子军制服行军前往塔克西姆广场。当我们在朋友家里穿戴整齐、排成一排，一丝不苟地让脑袋凑进一个假想中的画框时（一起拍照摆姿势时，左边的脑袋会快活地偏向右边，而右边的则会偏向左边），我们注视着相机镜头，好像我们正在未来某一天通过望远镜另一头观看着现在。我们还不知道将来会有博物馆参观者来观看我们。但是，我们脑海里形成的关于未来的想法似乎在那一刻就提醒我们，那些琐碎问题、虚荣、玩笑以及生存的困扰都是虚空的、无用的。所以我们能带着衷心的揶揄去微笑，去感受此时此刻的意义。这一刻能成为永恒，这让我们感到非常满足，因为那时我们仍生活在一个相机和胶卷很昂贵的时代，我们是少数能照相的人。这就是为什么我们开着玩笑或放声大笑，穿最好的衣服，快乐地想着，我们能在生命中无数个日子里记住这一天要归功于这张照片，然后紧紧盯着那部相机。当我们看到镜头转向我们时，我们朝摄影师露出了快乐的笑容——这种快乐，由于我们属于那些让我们心里充满自豪和自信的人群、工厂、家庭或社区而被放大。我们相信自己会被记住，由此产生一种源于群体归属的快乐，此时此刻：一种脚踏实地的、现实的态度。

终日饮茶

在我人生的前三十年——直到1980年代我开始频繁海外旅行时，我才意识到我是一个地道的外省人——我一直认为全世界的茶叶看起来和尝起来必定完全像土耳其人日常喝的那样，是一种大吉岭茶和锡兰茶的混合物。在我的小说故事发生的年代，茶叶的生产和销售由国家垄断，就像咖啡豆和烟草一样。在整个土耳其，茶叶每克的售价是一样的，口味是一样的，连颜色都是一样的。事实上，这种“众口同调”的茶叶完全符合那个时代的精神——那时候每个人都跟他人一样，竭力相信一样的事物，努力穿一样的衣服，观看一样的电视节目。但是，说到我一生都在喝的这种茶叶和特殊的茶杯，就像凯末尔一样，我想不出它有什么不好之处。

凯末尔说他只要一去父亲办公室，就会强烈地想要喝茶——在那里，他是“老板的儿子”。他知道，他不属于办公室的那种感觉，会在喝了一杯茶后有所缓解。我俩都相信，就像相信民族主义、伊斯兰或阿塔图尔克一样，茶叶是一种把人们联合起来的黏合物。在萨特沙特，就像在政府办公室里一样，这个黏合物能把那些热衷于聊足球和电视节目而不是埋头工作的人聚集在一起。沏茶工努里的台子在一个没有窗户的角落，我们无法展示他的“工作和身份证”，因为他不是萨特沙特的正式注册职员。在办公室里他是一个见风使舵的人，对所有的争论和矛盾都了如指掌，对所有职员都友好亲热。然而萨特沙特的员工们总认为茶叶才是他们乐于跟他聊天的原因。

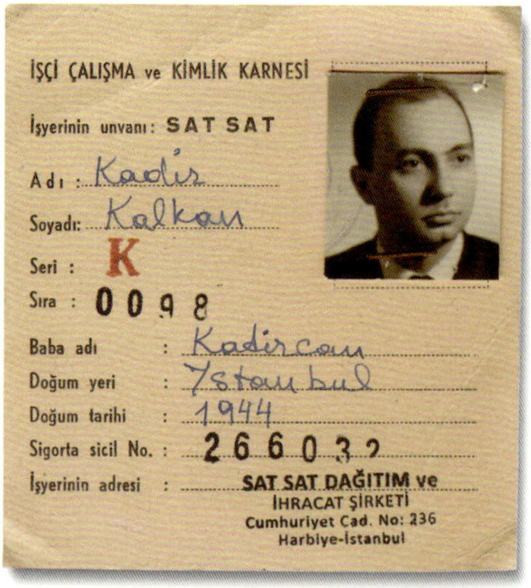
İŞÇİ ÇALIŞMA ve KİMLİK KARNESİ
İşyerinin unvanı: SAT SAT
Adı: Kadir
Soyadı: Kalkan
Seri: K
Sıra: 0098
Baba adı: Kadircan
Doğum yeri: İstanbul
Doğum tarihi: 1944
Sigorta sicil No.: 266032
İşyerinin adresi: SAT SAT DAĞITIM ve İHRACAT ŞİRKETİ Cumhuriyet Cad. No: 236 Harbiye-İstanbul

İŞÇİ ÇALIŞMA ve KİMLİK KARNESİ
İşyerinin unvanı: SAT SAT
Adı: Figen
Soyadı: Eyüboğlu
Seri: S
Sıra: 0072
Baba adı: Kemali
Doğum yeri: İstanbul
Doğum tarihi: 1949
Sigorta sicil No.: 258396
İşyerinin adresi: SAT SAT DAĞITIM ve İHRACAT ŞİRKETİ Cumhuriyet Cad. No: 236 Harbiye-İstanbul

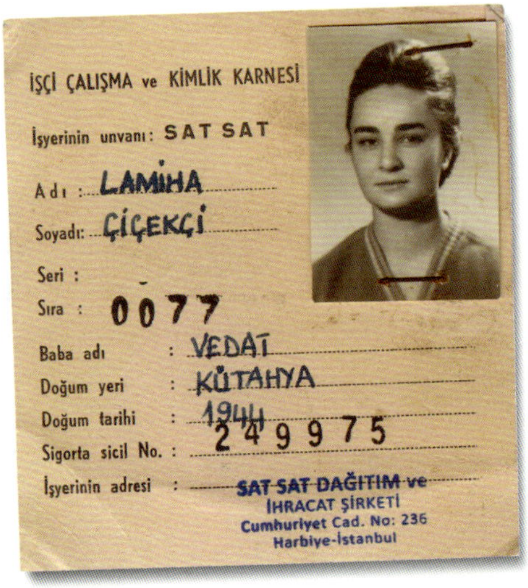
İŞÇİ ÇALIŞMA ve KİMLİK KARNESİ
İşyerinin unvanı: SAT SAT
Adı: LAMİHA
Soyadı: ÇİÇEKÇİ
Seri:
Sıra: 0077
Baba adı: VEDAT
Doğum yeri: KÜTAHYA
Doğum tarihi: 1944
Sigorta sicil No.: 249975
İşyerinin adresi: SAT SAT DAĞITIM ve İHRACAT ŞİRKETİ Cumhuriyet Cad. No: 236 Harbiye-İstanbul

İŞÇİ ÇALIŞMA ve KİMLİK KARNESİ

İşyerinin unvanı: SAT SAT

Adı: ATAULLAH

Soyadı: KİLİMCİ

Seri: S

Sıra: 0036

Baba adı:

Doğum yeri: MANİSA

Doğum tarihi: 1920

Sigorta sicil No.: 269718

İşyerinin adresi: SAT SAT DAĞITIM ve İHRACAT ŞİRKETİ Cumhuriyet Cad. No: 236 Harbiye-İstanbul

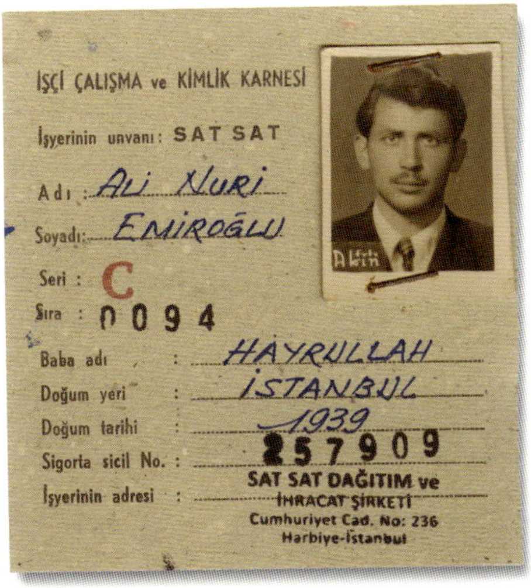

İŞÇİ ÇALIŞMA ve KİMLİK KARNESİ

İşyerinin unvanı: SAT SAT

Adı: ALİ NURİ

Soyadı: EMİROĞLU

Seri: C

Sıra: 0094

Baba adı: HAYRULLAH

Doğum yeri: İSTANBUL

Doğum tarihi: 1939

Sigorta sicil No.: 257909

İşyerinin adresi: SAT SAT DAĞITIM ve İHRACAT ŞİRKETİ Cumhuriyet Cad. No: 236 Harbiye-İstanbul

İŞÇİ ÇALIŞMA ve KİMLİK KARNESİ

İşyerinin unvanı: SAT SAT

Adı: Muttalip

Soyadı: Ekremoğlu

Seri: K

Sıra: 0015

Baba adı: Fadıl

Doğum yeri: Konya

Doğum tarihi: 1915

Sigorta sicil No.: 210372

İşyerinin adresi: SAT SAT DAĞITIM ve İHRACAT ŞİRKETİ Cumhuriyet Cad. No: 236 Harbiye-İstanbul

5 福阿耶饭店

“福阿耶”是小圈子的富人们最喜欢的欧式(模仿法国的)饭店之一。这些富人主要居住在贝伊奥卢、希什利和尼相塔什那样的街区(如果用报纸八卦专栏的调侃语言来说,就是“上流社会”)。这些饭店想给顾客一种身处欧洲城市的微妙幻觉,于是对“大使”“王族”“皇家”那种炫耀性的西方店名弃而不用,而是选择“库里斯(剧院后台)”“摩迪温(楼梯)”和“福阿耶(休息室)”那样的店名,让人想起我们在西方的边上,在伊斯坦布尔。但年轻一代更喜欢在富丽堂皇的饭店吃外婆烧的那种饭菜,于是,许多像“王朝”“苏丹”“君主”“帕夏”和“大臣”那样,把传统和荣耀集于一身的饭店便应运而生。在这种新的矫揉造作的压力下,“福阿耶”很快就湮没无闻了。

芙颂的眼泪　6

当我信步走过林荫道，来到屋檐和橱窗外蓝白条纹的凉棚下时，我在一个橱窗里看到了一只黄色水罐，我情不自禁地走进去，买下了它。不像其他那些随意买来的东西，这只黄色水罐先是在父母餐桌上，后来在母亲和我的餐桌上待了近二十年，其间谁也没谈起过它。每当握起水罐的把手，我就会想起那些日子。那时候我初识人生况味，完全陷在自己的世界里；而母亲则在晚餐时默默看着我，眼神里半是悲伤，半是责备。

7

迈哈迈特公寓楼

小时候，我看到伊斯坦布尔有许多公寓主要被用作储物间，来保存那些谁也不忍心扔掉的废旧物品和孩子们的旧玩具。这可能仅仅是因为租金、税费以及取暖费比较低廉的缘故吧。不管怎样，这些公寓依靠加热炉取暖，跟我母亲的公寓一样，经常冷飕飕的，我还把母亲公寓里的一个房间改成了一间画室。在丈夫去世、女儿出嫁之后，我的祖母在一幢和我的博物馆同样大小的房子的一个单间里，度过了她人生中最后三十年。这些房间曾经有过活泼、快乐和拥挤的家庭生活，现在则堆上了厚厚的灰尘，但里面摆设的物品仍然完好如初。每当我和哥哥走进这些怪异、安静的房间，我们都不禁在战栗中感到这些物品在互相交流。

我得说，得到这张照片是冥冥中注定的。在写作小说时，我总是把它带在身边，但我不会把它写进故事里。

罂粟公寓

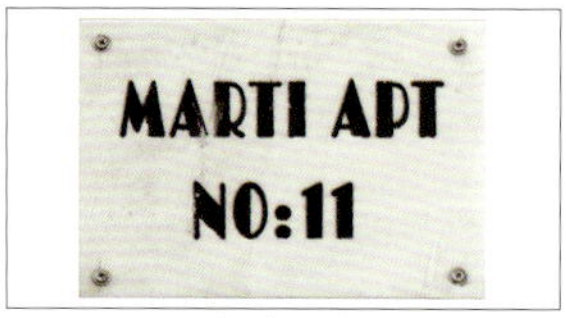

海鸥公寓

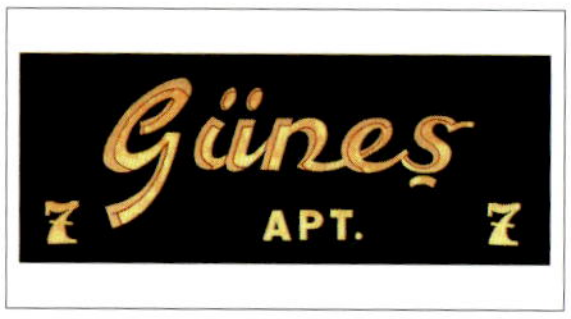

太阳公寓

联合公寓

纯洁公寓

天使公寓

花束公寓

小帕慕克公寓

光之公寓

雪之公寓

H. 埃雷尔公寓

好运公寓

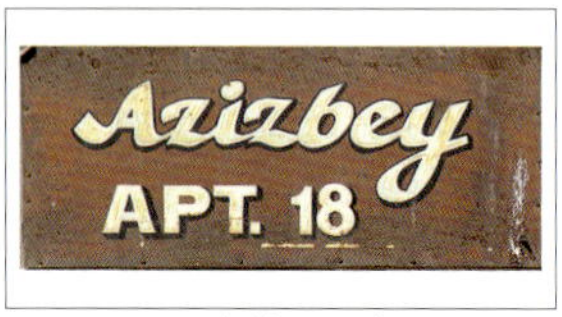

阿齐兹贝公寓

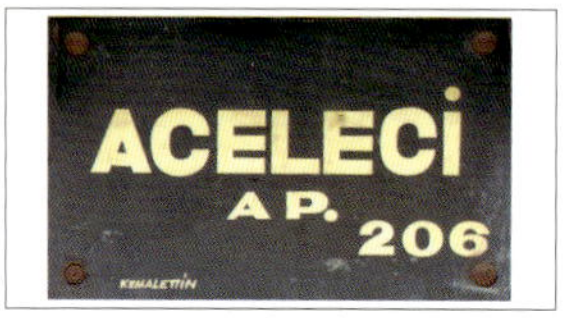

猛烈公寓

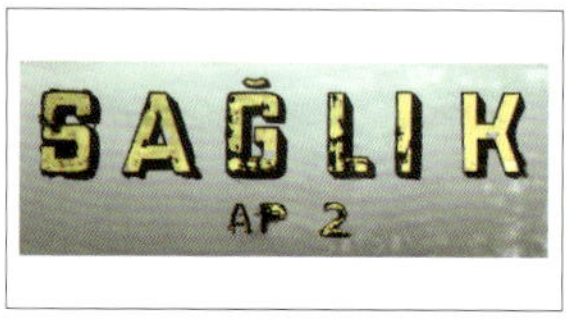

健康公寓

可爱公寓

现代公寓

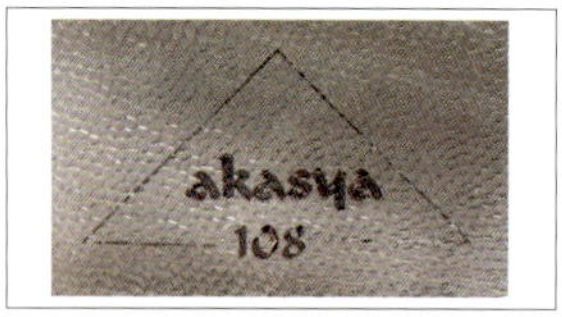

阿卡思雅公寓

加利波利公寓

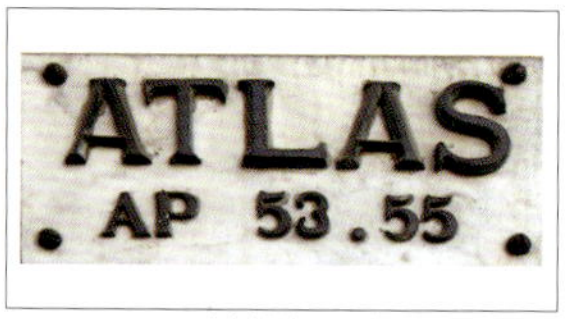

阿特拉斯公寓

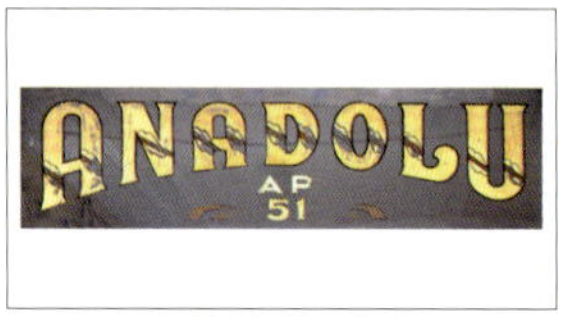

安纳托利亚公寓

哈姆迪・贝公寓

迷人公寓

模范公寓

梅里格公寓

塞达公寓

成三公寓

年轻公寓

1934 年，阿塔图尔克要求所有土耳其人使用姓氏，从那以后，以姓氏命名新楼房的做法开始蔚然成风。因为那时候，伊斯坦布尔的街道名称和门牌号还不统一，而富裕的大家族又往往会一大家子住在一个屋檐下，就像在奥斯曼帝国时期那样。因此，为了便于城市管理，新楼房以拥有者的姓氏来命名是明智的。（我的故事里会提到许多富有的家庭，他

珍珠公寓

迪卡拉公寓

幸运公寓

天赋权利公寓

阿里曼公寓

西尔曼公寓

优雅公寓

胡梅拉公寓

欲望公寓

黎明公寓

哈克奥罕公寓

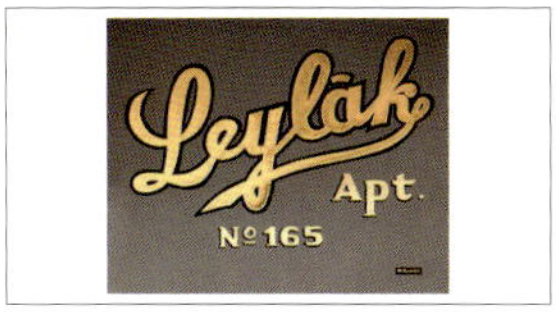

紫丁香公寓

春天公寓

粉色公寓

甜心公寓

拉娜公寓

珍珠公寓

室女星公寓

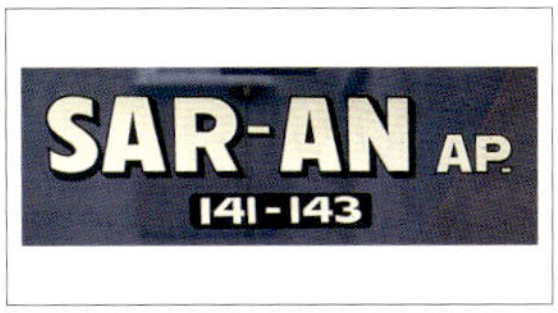

萨-安公寓

玫瑰公寓

穆辛公寓

水晶公寓

博斯普鲁斯公寓

慈善公寓

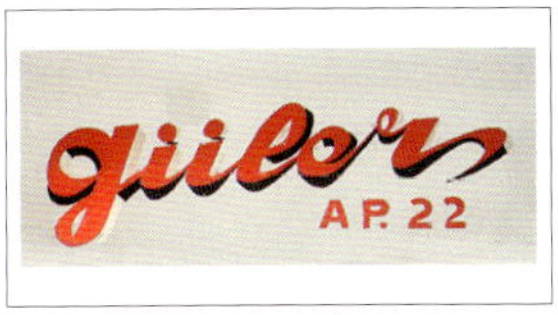

乔利公寓

穆拉特公寓

光荣公寓

交流公寓

们都有以自己姓氏命名的公寓楼。）那时候，还有另外一种好高骛远的风气，那就是人们喜欢给楼房取一些具有崇高美德的名字。然而我母亲说，把楼房命名为“呼伊耶特（自由）”“伊纳耶特（仁慈）”或“法兹莱特（慈善）”的那些人，往往一生都在践踏这些美德。

悲哀的是，凯末尔永远也没能去看他的藏品在纯真博物馆里是如何展示的。我们没能得到他的评价和认同。

当那些物品被轻轻摆放在一处时，我们通过自己的眼睛捕捉到物品散发出的意外之美。

8

第一个土耳其果味汽水品牌

在大型跨国公司开始侵占全球市场之前，非西方国家的本地公司有时候心血来潮，会生产一些自有品牌的水果味饮料、可乐和汽水，以显示回归民族和传统的愿望，与此同时，颇具讽刺的是，这也显示了一种追逐“现代”生活的渴望。如今在伊朗和其他一些伊斯兰国家售卖的“渗渗可乐”，就是这种观念的具体体现。（按伊斯兰教的说法，麦加的渗渗泉是圣水的源泉。）从那些土耳其汽水选用的名称——埃尔万（一个女孩儿的名字，意思是“多彩的”）、乌卢达（安纳托利亚的一座高山）、克卡塔斯可乐和肯内卡·夏佐祖（伊斯坦布尔的两个街区），以及梅尔泰姆（夏日从海上吹来的一种凉爽的、轻柔的海风）——就可以看出来，在伊斯坦布尔，地方色彩的意义不光体现在宗教上，也体现在民俗和风土上。

1952 年，我们住在阿雅兹帕夏的翁冈公寓，楼上就是扎伊姆举办梅尔泰姆汽水庆祝午餐聚会的地方。这里是我住过的第一个能眺望博斯普鲁斯海峡的家——透过窗子，从街区公寓楼之间的夹缝就能看到；这也是为什么这张照片能让我内心深处充满平静，体会到一种永恒的感觉。1950 年代，当我还是孩子时，伊斯坦布尔大约只有百来万人口，西化的中产阶级尚未壮大，所以我老觉得城里的每个人都彼此熟识。我的小说、博物馆还有我的生活都是围绕这些看似巧合的汇聚而建造的。

梅尔泰姆汽水的一幅广告，跟凯末尔每天去办公室路上看到的没有多大不同。萨特沙特公司的办公室离这条街道大约一公里远，那时候这条街上住着许多富庶家庭。

9

F

正如大多数展品一样，这个展盒最终的组合跟我最初的构想有很大不同。我想我已解释过这些物品的意义了：墨水瓶，芙颂的白色皮带，她与凯末尔第一次做爱时留下的小花手帕。但是，当我开始摆放展盒时，我慢慢感到，我多年来收集的书里描述的这些物品，在博物馆展示时产生了一种新的意义。当物品逐渐在博物馆中各觅其位，它们就开始众声喧哗起来，不受书中描绘的限制，发出别样的音调。无论是我最初雄心勃勃的设想、关于那些打孔盒的计划还是任何可能的摆放方式，对这个展盒的精神和灵魂来说都不够真切；我竭力去描画这些物品，但它们也竭力告诉我不同的东西。2010年夏日的一天，当我站在工作室的后阳台，一边聆听悲伤的雨滴声，一边黯然环顾四周的楼房和树林时，我看到了隔壁阳台上这个锈迹斑斑的旧床垫弹簧，然后决定用它来布置看看。我很快就意识到，在这个新的摆放方式中，物品之间突然开始交流起来，就像祖母宅子那些灰扑扑的房间里存放的东西一样。在布置博物馆时，我们常常迎面遭遇美的偶然的本质。

10

城市的
灯光和幸福

夜晚的伊斯坦布尔

前二十年，作为一个小说家，我每天写小说写到凌晨四点多。我喜欢在世人入睡时聆听笼罩整个城市的奇异阒寂，也喜欢聆听那似乎是来自地心的深沉嗡鸣。我总想挑出那些特别的声音——停泊在附近某个地方的大客轮巨大的马达声，汽车驶过的声音，或是海浪以及海里其他动荡的东西发出的声音——但是，从那种涵盖一切的嗡鸣中挑出单独的声音并不容易。有时候一个渔人或是一个干得很晚的钵扎[1]贩子会经过，而另外一些时候，我会盯着一艘船的照明灯看，好像在见证什么神秘的奇景一样，我会看着它沿博斯普鲁斯海峡缓慢地靠岸，直到世界倏然静谧下来，无数卧室窗户守护着酣睡的人们，伴随着小渔舟穿过博斯普鲁斯海峡波浪的声音。

1990 年，我根据自己的小说《黑书》中某一页的场景，为朋友厄梅尔·卡武尔写过一个电影剧本。在电影中名为“隐秘的脸”的这组镜头中，我让他把我曾经谈到过的伊斯坦布尔的蓝色天鹅绒之夜给拍进去。下面的三张照片即取自那部电影。

1 Boza，一种流行于中亚、西亚等地的发酵饮料。帕慕克在小说《我脑袋里的怪东西》中讲述了一位钵扎小贩的故事。

阿拉·古勒的摄影：美与记忆

“你喜欢我的照片，仅仅是因为它们让你想起了童年时的伊斯坦布尔。”一向古怪易怒的阿拉·古勒有时候这样对我说。“不是的，”我告诉这位伟大的摄影家，“我喜欢你的照片，是因为它们很美。”

但是，美和记忆难道真的是彼此分离的吗？我们觉得事物是美的，仅仅是因为我们熟悉它们，因为它们唤起了我们的回忆，不是这样吗？韦·詹，一位十六世纪在伊斯坦布尔工作的画家曾经说过：“美就是用眼睛在我们的世界里发现我们头脑里已经知道的东西。”

对那些像我这样在一个城市里生活了六十多年的人来说，我们头脑里已经知道的这座城市的美有两种：1. 与我们在这个城市里感受到的情感联系在一起的美丽景观。我们永远也无法走出的这个城市的街道，事实上指引着我们情感风景的变化。这一条街会让我们想起被解雇的痛苦；而那条能看到一座桥的街，则会带回一段欢愉恋情的回忆。2. 我们头脑里一种熟知的经验，但如果它不诉诸物品、照片以及气味，就永远无法回忆起来。

当我在阿拉·古勒近 70 万张照片中为那些关于伊斯坦布尔的照片忙活时，我寻找那种非凡而美丽的事物，好像我正在寻觅已经失去的母亲的脸庞一样；我常常很好奇，那些对我而言很美的事物，对别人来说是否也如此。要为我已在其间生活六十多年的城市挑选照片是一件难事，观察这座城市的细枝末节，它的球形门拉手、旧车站、穿行在雾蒙蒙的大桥上的商贩、树木投下的树影、人们的脸庞，还有它的围墙，这一切都让人心醉神迷。阿拉·古勒只想让我看他挑出来的那些传奇性照片，忽略掉“其他的”。但最后他还是挺迁就我的，让我自己一个人泡在他数不清的图像资料里。几个小时后，沉醉在照片中的我又遇到了阿拉，我总是问他这些海量的、无与伦比的图像资料将来会怎么样，这可简直是一幅 1950 年到 2000 年间伊斯坦布尔的视觉记忆地图。

“你傻了吧，”他总是这样回应道，“将来有一天，保不定会有另外一场军事政变，到时候一纸公文下来，他们会征用一切——慈善基金和你的博物馆也不能幸免。”

11 宰牲节

1960年代，那些老是阴雨连绵、乌云密布的冬天的礼拜日，一到大约中午时，父亲就会开始感到烦躁，没来由地发牢骚，这种感觉很快就传染到我身上。“我们出去开车兜兜风吧！”我们当中就会有人这样提议。在那个时代，能拥有一辆私家车显然是一种特权。汽车不仅仅是穿过空旷城市的一种交通方式，它也是一个远离家的家，一个带轮子的房子，有水箱带来的热力，有西方音乐带来的惬意。透过车窗，我们能观看穷人和阴沉的街道，孩子们在露天市场的秋千上玩耍，还有古老的城墙；我们能感受到从那些空地散发出来的孤独感。

这个展盒的主题是内疚。另一方面则是一种犹疑的感觉，那是在1969年2月27日，宰牲节的第一天，芙颂穿着一件红大衣，和凯末尔一起在飘着雨雪的伊斯坦布尔到处游玩。但并不是游玩本身而是记忆引起了这种内疚。假如代替那个孩子的羊没有出现，先知易卜拉欣就会杀掉自己的儿子，事后他会对这件事感到内疚吗？

写一部小说，有时候就是投身对往日事物和景象的回忆，把它们聚集在一起，创造出新的东西；创建这个博物馆，也在我身上引起类似的感觉。我们的目的不是去寻觅往昔的确切形象。我们想通过往昔之物来言说我们当下生活的实质和结构。这也是我“回忆”芙颂和凯末尔的行程的方式。有时候我们体验当下好像是在回忆过去。有时候我们生活在此刻，但我们知道将来有一天，我们会回忆起今天，所以在那一刻，我们对历史的感受与我们在博物馆里的感受是相似的。

正如先知易卜拉欣和芙颂所做的，献出我们最宝贵的东西并不计回报需要一种非凡的力量，在此过程中，也会有同样强烈的迹象显示，未来有一天我们将记住此地此刻。铭记过去总与某个独特的形象或场景相联系。

伊斯兰教明确禁止饮酒，但在宗教节日里，伊斯坦布尔的酒类消费反而达到了高峰。在这种情况下，西化和世俗化的土耳其中产阶级家庭，就像巴斯玛基家，通过宰杀牲畜和把肉分给穷人来履行他们的宗教和社会义务，但与此同时，一种西方人的做派，又让他们甚至喝下了更多宗教禁止的玩意儿。1930年代，尽管伊斯兰教禁止饮酒，凯末尔·阿塔图尔克，这位土耳其共和国的建立者，敏锐地预见到土耳其将出现一个现代的、饮酒的中产阶级，于是筹划在伊斯坦布尔建立了一个酒厂。酒厂位于梅吉迪耶柯伊，即便是在伊斯坦布尔那些最现代的工业建筑中，它也是最受人关注的。多年后，这家工厂单独设计生产的香蕉、覆盆子、咖啡、薄荷以及橘子口味酒受到收藏者的追捧。

M·A·N
BÜSSING
351
35 LS445

12

接吻

我曾经收集过这些球员的照片，1950 年代至 1960 年代它们出现在一些玩具店、糖果店和文具店里，装在小小的纸信封里头，跟一小块华夫饼或是一片香味浓郁的口香糖（有轮胎一样的嚼劲，还浇上了糖霜）放在一起。在那个年代，人们称呼足球运动员时往往直呼其名，就像对工人阶级出身的人那样，这些照片上就是这样。这种做法一方面满足了电台评论员的需要，他们能快速通过名字提到某人，另一方面也反映出，在一个等级社会里，球员们地位低下。

小时候，我只在夏天搭建的露天电影院里看土耳其电影，但我仍然收集了一些口香糖里附带的耶希尔恰姆明星的照片。像“赞波”或是“金黄”这样的糖果店，在每片香甜的口香糖里分发土耳其电影明星的照片，跟那些球员图片比起来，这些明星画像的彩色印刷品质要高很多。每张照片背面都有数字编号，吸引我们去集齐全套。这些数字也可以用来搞赌博游戏，看谁“抽出”最高的数字。我有篇小说《眺望窗外》，讲的就是两个小男孩用他们收集的照片来赌博的故事。

13 爱情，勇气和现代

凯末尔的驾照原件。我想借此机会说一下，除了对光敏感、已经损坏以及花费过大等原因造成的例外情况之外，所有在博物馆里的展示物都是真实的。

当我望着闪烁在尼相塔什的点点灯光时，我不时想到，为了能继续自己美好和幸福的生活，我不应该爱上芙颂。

夜晚，星辰和芸芸众生

我喜欢在尼相塔什的房子里透过卧室窗子往外眺望——穿过柏树和菩提树——看邻近楼房里那些卧室。小时候，我一有空就会蹑手蹑脚，穿过又长又黑的走廊来到里屋。我突然意识到，在黑暗中，我是多么孤独，甚至会簌簌发抖。当伊斯坦布尔的城市灯光点亮夜空时，遥远星辰和靛蓝天空迷人的光晕就会慢慢渗入那些橘黄色的楼房里，落到人们身上。有时候，我会回想起看到的那些早晨待在家里的人，他们在里边阳台上晾晒衣物，夏日里站在几乎一样的阳台上给地毯掸灰。有时候，我会情不自禁去幻想，在那些橘色的家庭里必定有一个全然不同的、充满魔力的世界，一个我希望自己能融入其中的世界。楼房里的一举一动我都看在眼里——它们门户大开——证明我的幻想的确是真的。但最迷人之处，莫过于透过亮堂的楼房，观看人们促膝对谈了。他们一边聊一边比画着，星光好像融入那些我听不见的话语中。我觉得，远方的人们一定是某个我不知晓的复杂故事的一部分。

凯末尔有一次对我说："在乌鸦眼睛的光圈、眼中映射的遥远星光以及坐落在永恒诞生地的亚里士多德的时间螺旋之间，一定有一个光的三角测量。"

突然间，我听到翅膀的拍打声，我注意到一只巨大的乌鸦正从阳台的栏杆上飞走，显然刚才它像我一样在看外面的景致；恍惚间，我觉得跟它合为一体了。（在人丁兴旺的帕慕克家族里，我的绰号是"卡嘎"，土耳其语是"乌鸦"的意思。）在我脑海里，透过乌鸦眼睛看到的夜景，跟我通过儿童百科全书里"银河""恒星"这些条目懂得的东西混在了一起。我和凯末尔最后一次在博物馆阁楼上会面时，喝着拉克酒，他把他的故事的细枝末节都告诉了我，我偶尔说我也有过跟他类似的经历；我们的主人公却对我说的心不在焉。但当我提到我能从家里看到银河和星星时，他拿着一本在伊纳耶特（意为"仁慈"）公寓的杂物中找到的儿童百科全书，在右边撕下了一页。那些夜里，他让我闻茜贝尔从巴黎买的士普林香水。它闻起来甚至比波德莱尔笔下巴黎人的苦恼更让人想到夜晚的时光和永恒。

在一本土耳其百科全书关于“银河”的图片下，配有这样一段文字：“古代墨西哥人把它称作‘彩虹的姊妹’。静止的光带从一端到另一端横跨天穹，北半球和南半球都能观测到。这条大光带被称为银河，在 8 月和 9 月的晚上看得最为分明。在古时候，关于它有很多说法。今天我们已经知道，银河是一个由上千亿颗恒星组成的帆布一样的聚合物。虽然聚合在一起的星星之间相距甚远，但光带离我们如此遥远，以致在我们看来，星星之间十分接近。银河包围了整个太阳系。许多宇航员认为银河是已知宇宙的边界，而且相信，在它之外是一片我们的思想无法理解的真空。”

14 伊斯坦布尔的街道、桥梁、陡坡和广场

从一个收破烂的人那里，我得到了一张以多尔马巴赫切码头为背景的照片。在小说完成之前的三年多时间里，我就在脑海里不断构想与小说这一章节相对应的展盒。我特别喜欢这个展盒，尽管我在构想和设计上花费了许多心思，它却包含了一种具有意外之美的异想天开。

经过多年的物品收集、视觉呈现和橱窗布局的规划之后，就好像我在写剧场舞台说明一样，我们通过不断试错，在展盒里布置好茶杯、屈塔希亚陶瓷烟灰缸和芙颂的发卡。在这个过程中，看着我们选取的照片，我意识到自己正在做那些让人肃然起敬的伊斯坦布尔风景画家在做的事情：在树木、电缆和线塔、船舶、云霭、事物和人群的汇聚中寻觅意外之美。最幸福的时刻，莫过于在那些意料不到、无意营造出来的地方，眼睛能发现美。

15 一些讨厌的人类学事实

如果一个男人睡了一个姑娘，又不想跟她谈婚论嫁，而那个遭人指指点点的姑娘还不满十八岁，就会有一个怒气冲冲的父亲拎着那个浪荡子去法庭，强迫他娶她。一些官司会引起媒体的关注。那时报纸在登照片时，会在那些“被玷污”的姑娘的眼睛上打上黑杠，避免她们在这种难堪境地下被认出来。由于媒体对通奸者、强奸受害者、妓女的照片也是这样处理的，以至于有太多眼睛被打上黑杠的女性照片。那个年代，读一份土耳其报纸，就像是漫步于一场化装舞会。反正土耳其的报纸登土耳其女性的照片时，眼睛上很少有不打黑杠的，除非她们是歌手、演员或选美女郎（这样说吧，一切有“轻浮”意味的职业），与此同时，在各种广告里，那种明显是外国的、非穆斯林的女性面孔则更受青睐。

嫉妒 16

阿赫迈特·伊斯科奇的神秘艺术

这是画家阿赫迈特·伊斯科奇（1940年出生于伊斯坦布尔）的作品头一次在博物馆里展出。你们现在读到的，是破天荒第一次以条目形式来介绍这位非凡的画家。伊斯科奇在“土耳其艺术圈”（一个对他来说有点自相矛盾的说法）默默无闻，但这并不能掩盖他是一位多产画家的事实。我能这样说是因为我亲临过他的画室——先是在尼相塔什，后是在吉汗吉尔；而且我看过他画的数以千计的水彩画和油画，既阅览过他的画夹，也聆听过他的想法。我在《杰夫代特先生》中，从他祖父写起，讲述了他们整个家族的故事；在小说最后几页里，我不无敬意地写到了他早期绘画生涯的生活。因为这个缘故，伊斯科奇总是慷慨地容许我一窥他画室的奥秘，即便在困难的日子里，他也顶着压力为我的小说设计封面，而且还客气地为我们的博物馆创作了两幅水彩画，其中一幅描绘的是嫉妒的凯末尔注视着芙颂在尼相塔什的家。

跟许多其他非西方艺术家一样，伊斯科奇也受到“真实性”这个问题的极大困扰。然而他又在艺术上十分激进，以至于我犹豫能否将他灵魂上承受的重负描述为一种“影响的焦虑”。另一方面，阿赫迈特·伊斯科奇非常乐意受到绘画艺术本身的影响——无论它来自东方还是西方，是审美还是审丑——只要它不使用透视法就行。但是除了极少例外——中国古代早期的山水画家（比如十世纪的荆浩和他的学生关仝），比札德（十六世纪赫拉特和大不里士宫廷里的画家）的细密画，以及明格里亚中期艺术（帕吉－罗纳的河景图或汉莫鲁克的部分图案）——在整个绘画史中，他并没有发现什么独特的灵感源泉。他相信艺术的——更重要的是人文的——世界观在后文艺复兴时期已经被西方绘画尤其是透视法的运用给毒害了。他认为很有必要去研究和揭示这种“毒害”发生之前纯真时期的古老绘画。在伊斯科奇看来，任何想体验这种“纯真”和“真实自我”所带来的颠覆性的童真式快乐的画家，都必须从事这种研究，用他的术语来说，就是“绘画的形而上学”。

遗憾的是，伊斯科奇虽然在努力实现绘画中的纯真，却不让我去描述他创作的形而上学绘画。我要多说一句，芙颂的家这幅画过度使用了透视法，这表明伊斯科奇虽然创作了这幅画，但并不信任它——就像他在开玩笑一样。但是，芙颂窗户的色彩，男人在人行道漫步投下的影子，以及夜晚的色调仍然具有阿赫迈特·伊斯科奇那敏感而神秘的绘画技法的痕迹。

17

我的整个人生和你的连在了一起

伊斯坦布尔的出租车

1970 年代中期，也就是凯末尔与芙颂陷入热恋那段时期，伊斯坦布尔所有出租车装的都是机械计价器。但因为油价周期性上涨，乘车费经常变化，以及事实上大部分计价器都很破旧，所以没人真的用它们。乘客偶尔会对司机产生疑问：“你怎么不用计价器？”但就是这样，出租车计价器的功能主要是——就跟车窗下边贴黑白方块条纹一个道理——让人知道那是出租车而已，共乘的出租车或非共乘的出租车。

如果现代意味着即使我们身处城市的陌生人当中也能感到自在，也能与他人和平相处并心有同归，无论这种归属是真实的还是想象的，那伊斯坦布尔人最现代的地方就体现在共乘出租车的座位上。由于乘客经常要手忙脚乱地换零钱——给人一种大家都是同道中人而不是陌生人的愉快感觉——共乘出租车（欧美产的、有自己独特的车门把手）的乘客总是会彼此帮忙，跟同车的人以及司机聊上几句。我喜欢坐在共乘出租车里，一边看着窗外城市无尽展开的街景、奇特的街头拐角以及从坡路中间升起的海景，一边听其他乘客跟陌生人唠叨：前天晚上自己为啥跟老婆拌嘴，昨天电视里看到内容为什么让人觉得丢脸，这个越来越糟的国家和世界，或者他们在军事独裁时的日子。多年来，我一直在构思一部小说，主人公是一个在这个城市来来往往的出租车司机。

为了启动计价器，司机会从自己的座位上伸出胳膊，提起红色拉杆，但这种做法很少见。

18

贝尔琪丝的故事

Meltem
SOSYETENİN İDDİALI KADINLARI...
DÜĞÜN • NİŞAN • KOKTEYL • GALA
Su kumyonu öldürdü

在伊斯坦布尔的富庶阶层中查找凯末尔 1960 年代到 1970 年代的生活细节时，我偶然找到很多那个时期上流社会家庭的照片，甚至一些相簿。我仍对其中一些人记忆犹新，在我小时候，他们的名字常常为报纸的社会新闻版面增色不少。但是，随着政府更迭，建立在与国家政要良好关系上的财富，很快就流转易手了；家族崩溃；只剩下这些相簿和照片流落到跳蚤市场，蒙上一种无人问津的气息。一些社交名媛甚至沉迷于这些有她们自己照片的报纸剪报相簿。当我一边写小说一边在博物馆工作时，我发现自己已经失去了年轻时对这些人既愤慨又好奇的复杂感情。在青年时代，我总是对这些人嗤之以鼻，他们没有把自己的财富视作一种责任，而是当作一种可以狡猾地利用的东西。

在博物馆里工作

当我在博物馆忙活布置第18号展盒时，我感觉到首页的照片上弥漫着一种模糊的恐慌。那是一种一方面完全不知道你要干什么，另一方面又莫名其妙被推着朝特定方向前行形成的紧张。要不是有乔安娜和卡洛塔的辛勤工作和坚定决心，我根本不可能完成这个博物馆的工作。我负责设计展盒、布置展品；而她们竭力让蓝图变成现实；我们经历了许多观察和讨论，通过不断试错来向前推进。2011年春夏，我停止了写作。有六个月之久，我都把时间花在博物馆一楼的这张桌子上。有个篮子看起来像是亚里士多德时间螺旋边缘的一颗奇怪行星，它被用来——就像它们在吉汗吉尔和加拉塔的大街上那样——运送物品、工具，有时候甚至是食品，从一幢五层小楼的一层运到另一层，楼里有十多个人在工作。在桌面上，你能看到1970年代的周刊《周末》社会版，《社会13》杂志的许多旧刊，那个时期著名饭馆的精选纪念照片，家族相簿，老报纸，凯末尔从凯斯金家偷来的汤匙，当然，还有小说本身。

电影

为梅尔泰姆汽水拍的电影广告以及尼尔·卡瑞布拉辛吉尔为之谱写的广告短曲，是博物馆里少数几个让我难以动心的东西之一。导演锡南·塞金和广告商塞尔达尔·埃雷内尔纯粹是出于哥们儿义气创作和执导了这部电影广告。连报纸和海报上的广告也出自塞尔达尔之手。他们甚至找到了一个年轻的德国女演员在2010年的伊斯坦布尔作为模特，就像1974年的英格那样。这个广告跟那个时期所有政治宣传海报和电影广告没什么两样：作为背景的博斯普鲁斯大桥依稀可见，而英格在那里宣称，“你值得拥有这一切”。

19

葬礼

1970年代，出席葬礼的哀悼者通常会在自己衣领上别上死者照片。这种风气是在政治暗杀（在冷战时代是常有的事）发生之后形成的，但在伊斯坦布尔的资产阶级中很快就流行起来。唉声叹气（但背地里幸灾乐祸）的社会名流们煞有介事地戴着墨镜参加葬礼，俨然大家都是右派或左派激进分子。他们佩戴的这些照片，好像给一个寻常的社会葬礼赋予了共同的崇高目标和庄重意味——就好像这当中有某种值得献身的理想一样。

跟凯末尔的家族住所一样，泰什维奇耶大街上的帕慕克公寓（我在那里几乎住了一辈子），离泰什维奇耶清真寺很近，后者是富人们经常举行葬礼的地方。我的一些亲戚的葬礼也是在这个清真寺举办的。这是我参观过的第一个清真寺。家里的女仆待在家里闷得慌，就带我去了那儿，我喜欢上了那个地方，那里铺的地毯跟家里的差不多，无聊的店老板、门房还有厨子们会聚在那里结交朋友。不光是富人，一些有名的歌星、政客和将军也在泰什维奇耶清真寺举办葬礼。我们看到跟着棺木前往墓地的队伍，在军乐队或市议员的伴随下经过我们屋前。从可爱和舒适的家——里头有珍贵的古董瓷器、贝壳制餐具、时钟、水果、茶杯以及带相框的照片——透过窗帘看着棺木和送葬队伍，会令人产生一种类似观看西方虚空画时的感受，让我们情不自禁想到世事的无常、生命的美好和死亡的无情。

20 芙颂的两个条件

我们的头在枕头上，而我们的目光停留在了暖气管、带盖子的出烟口、窗檐、窗帘、墙壁和天花板的边角线、墙上的裂缝、剥落的油漆以及漂浮的尘埃上。为了让博物馆的参观者也能感受到那个永恒的寂静时刻，多年后，我们纤毫毕现地重建了这个景象。

21

父亲的故事：一对珍珠耳坠

1999年的冬天，在楚库尔主麻一家古董店阴冷、满是灰尘的地下室里，我在一个橱柜顶上发现了这个石膏半身塑像，当即就买下了它，虽然那时候整个故事我还没想好。

不像许多我一时兴起买下却发现没法写进故事的物品——最终只能放到博物馆里（比如马车灯和煤气表）——我从这个塑像身上一眼就看到了凯末尔的父亲，在写这个次要人物时，我总是按照这个塑像来想象他。至于小说里凯末尔父亲提到的自己那位情人年轻时的照片，我是在故事写完后才找到它的。当我飞快地翻阅那些保存多年、因为“背景里有一艘轮船”而被二手商贩收集的照片时，这个姑娘目光低垂的表情比轮船更吸引我的眼睛。下面这张1960年代的明信片，完美描画了这个时期的博斯普鲁斯海峡，它要表达的“生活的乐趣”与小说这一章淡淡的忧郁形成了一种对照。像所有其他展出的食物一样，这份酥皮点心是为博物馆特制的塑料模型。我喜欢在博物馆里精心布置这些逼真的食物复制品，就像我喜欢细致地去描述我的小说主人公们吃的东西一样。

22

拉赫米的手

这是拉赫米·埃芬迪和他长期的老板——也就是凯末尔的父亲，穆姆塔兹——以及一些同事早些年在公司的照片，由维茨比·哈尼姆捐赠给纯真博物馆。拍照时，拉赫米·埃芬迪（左起第三个）还没有失去他的手。

发现小说与博物馆之间的不同

发现小说第 22 章描述的物品与展盒里的物品的不同！在最后的时刻，我决定把伤心入睡的小狗（小说里有）替换成朝拉赫米·埃芬迪的手张望撒欢的小狗（小说里没有）。在博物馆里工作越久，越意识到自己能用物品去表达小说之外的主题，我就越能感到一种自由。另一方面，我也想在博物馆与小说之间保持一致。从那些已读过小说的博物馆参观者那里，我意识到，对于一部六百多页的小说来说，读者能记住的细节描述不会超过六页。观看展览的读者更可能会记住的是他们读小说时的感受，而不是小说中的物品。

这一章的基本情感是内疚：凯末尔有时感受过深有时又感受过浅的内疚；有人订婚而且很快就要结婚时会感到的内疚，当他面对一个父亲一生都耗在工作上的人时又想忘掉的内疚；人们（包括我）在看到清真寺、尖塔和阿塔图尔克严厉的皱眉表情时油然而生的内疚。

这个温度计是已故的拉赫米·埃芬迪的遗孀送给博物馆的礼物。凯末尔搬到位于楚库尔主麻的博物馆的顶楼后，跟她比邻而居。过去，土耳其虔诚的穆斯林们热衷于表明，他们的宗教能与现代科学和谐共存。其中一个方式就是指出宗教仪式对健康的好处；比如，礼拜被视为一种体操运动，而斋戒能助人减肥。另外一种方式是把科学的实用与伊斯兰教冥想引发的触动结合起来，这个温度计就是这样。其实，任何东西都可以取代这个温度计：比如气压计、灯泡或时钟。1970 年代，强力推行伊斯兰政治的政党领袖内吉梅丁·埃尔巴坎就总向他的选民吹嘘，他的政党雇佣的都是最好的电工、工程师和音响师。从温度计竖立方向与它的背景不太平行的做法，到蓝色的塑料穹顶和镀金的架子，随处可见那种保守的流行文化的特色。凯末尔把温度计挂在顶楼他的床上方的墙上，一直到他去世。他总是说，它真正的归宿是这个展盒。有时候他小心翼翼地盯着它，然后转过头来对我笑。他曾经告诉我，在这个小东西上他隐约看到了生命的平凡短暂和人类的童心，还说了一句："纯真博物馆必须如实地描绘出这一切！"

23 沉默

这里我展示的是芙颂的白色内裤，她孩子气的白袜子以及有点脏的白色胶底鞋，这些能唤起一种让我们着迷的沉默。

当我们在顶楼上闲聊时，凯末尔很少谈到1974年春天那段日子里，他是怎么跟芙颂云雨的。然而我总认为，这些对小说来说是必要的。谈论性这个话题，他会有点不自在，但说到接吻，他还是很乐意的。有一次，我们喝着拉克酒聊到深夜，我发现他有时候谈到接吻，会把它跟雌海鸥朝小海鸥张开的嘴里喂食的情景连在一起。我小时候是看着海鸥在伊斯坦布尔的屋顶和烟囱顶筑窝长大的，我明白他说的意思。他也谈到，接吻让他想起海鸥嘴里轻轻含着无花果的景象，我于是建议我们请人制作一幅海鸥亲吻的画挂在博物馆角落。“好啊，但我不想要那些时髦的新画家们画的任何东西，”凯末尔说，“在旧书里找找看。一定要能看到有无花果的汁水滴下来的画面！”

这幅画作于大约1650年，是当时的画家为印度莫卧儿皇帝沙·贾汉做的一份手稿的边页彩饰。

我们能看到一艘轮船航行在博斯普鲁斯海峡上，但我们想不起来第一次看到它是在哪里，又是在什么时候——这种情形常常发生——我们与它的每次遭遇，都只在我们仓促的记忆里留下粗疏的轮廓。

24 订婚

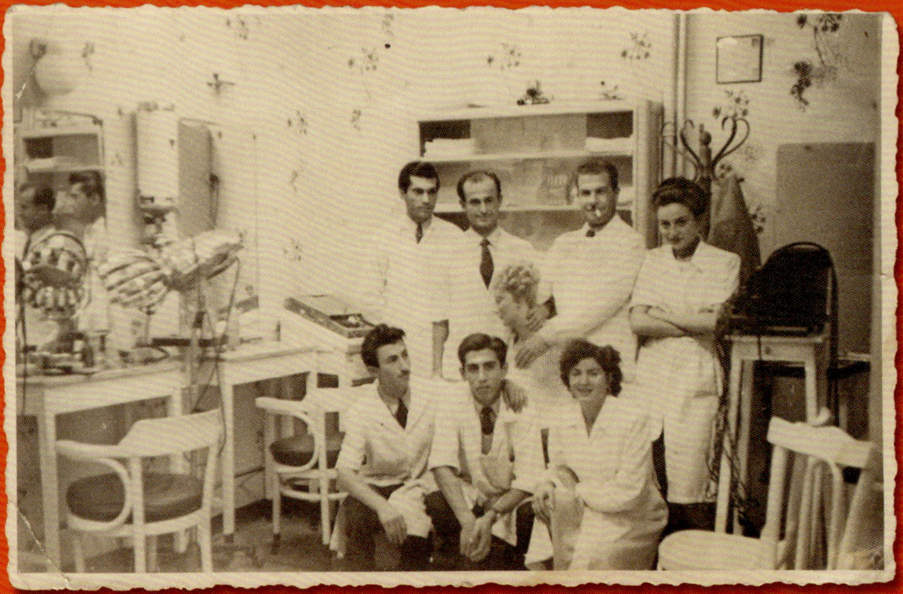

这些伊斯坦布尔希尔顿酒店的明信片，是在我所讲的故事发生二十多年之后才得到的；我在这座城市和欧洲各地的小博物馆和跳蚤市场闲逛时，搜罗了一些，其他一些是在筹建纯真博物馆时，与伊斯坦布尔早些年那些收藏家打交道时买来的。收藏家哈立德·贝是出了名的有点神经质，我跟他讨价还价了好长时间，才被允许看一看、摸一摸其中一张明信片，上面可以看到希尔顿酒店最现代的国际风格的外观。它不仅仅让我想起订婚宴会的那个晚上，还有我整个的童年。那时候我十岁，我的父母同伊斯坦布尔的上流社会和美国过气明星特里·穆尔一道参加了酒店的开业典礼，对他们来说，这是一个激动人心的场合。我们能从自己的房子里看见这幢新建筑，它初看起来颇为洋气，与伊斯坦布尔陈旧的城市轮廓有点格格不入，但多年过后，我的父母也就慢慢习惯了，只要一有机会就去那里。

在我写小说、为博物馆收集物品时，最容易找到的东西莫过于希尔顿酒店的纪念品了。1960 年代，去一趟伊斯坦布尔的希尔顿就像是去美国待了两个小时一样，既昂贵奢侈又让人大开眼界；酒店的参观者于是习惯性地总要为这次行程带点小纪念品回家——一盒火柴、一张菜单，或是一柄刻有希尔顿字样的勺子——就像凯末尔习惯性地收集芙颂的物品一样。希尔顿酒店的明信片大受欢迎。在博斯普鲁斯大桥还没建成时，它们成了伊斯坦布尔人向自己也是向世界证明伊斯坦布尔现代化的最便利方式。右下方的明信片传达出了一个很明显的信息（既现代又穆斯林！），后来那些绘有奥尔塔柯伊清真寺和其后的博斯普鲁斯大桥的明信片也是如此。

25 等待的痛苦

时间与物品

住在乡下与等待着谁，给人的感觉是相似的。它都让我们觉得好像是活在时间之外。我们最终什么也没改变；一切照旧，隐匿在暗处。与之相反的是运动——我们久久注视的从远方而来的白色船只。许多伊斯坦布尔居民看到船只沿着博斯普鲁斯海峡航行时，会憧憬异国他乡和别处的生活，上方是阿拉·古勒拍摄的照片，他们对其中隐含的情感，无疑会感到十分亲切和熟悉。

时钟摆在展盒前方，能看到内部的运转，它前面放的一些火柴棍是用来数时间的。时钟在测量百无聊赖的时间，而且制造了一种幻觉，好像它比看起来要走得更快些。但在那些我们觉得时间好像停滞了的日子里，我们能更清楚地意识到这些物体的本质。这个展盒里所有的物品，都是想让“等待”变得具体起来。每当我的祖母让她的朋友来玩扑克牌消磨时间，她总会在桌子上铺一块像这样的暗红色粗呢桌布。右下方的照片是成千上万被遗弃的无名照片之一，它们从伊斯坦布尔的二手商贩那里辗转到了我手上。在左上方的照片里，某个人正朝外观望希尔顿酒店——那里正在举行订婚宴会——他坐在塔斯奇斯拉大楼的台阶上——芙颂在那里参加了大学入学考试。（跟1960年代的黑白明信片有一个奇怪的巧合。）我们都赞同凯末尔，展盒的左边应该有一样文具，右边有一套咖啡杯具，这个展盒所有的物品都应该与耐心、等待、无奈相关。参观者如果近看展盒，能看清芙颂的考试报名登记表，而且会发现她在高中选修的外语是英语。但凯末尔从来没有向我提到芙颂的这一面。

纠缠于时间和记忆而心绪不宁，是小说和博物馆常有的主题。

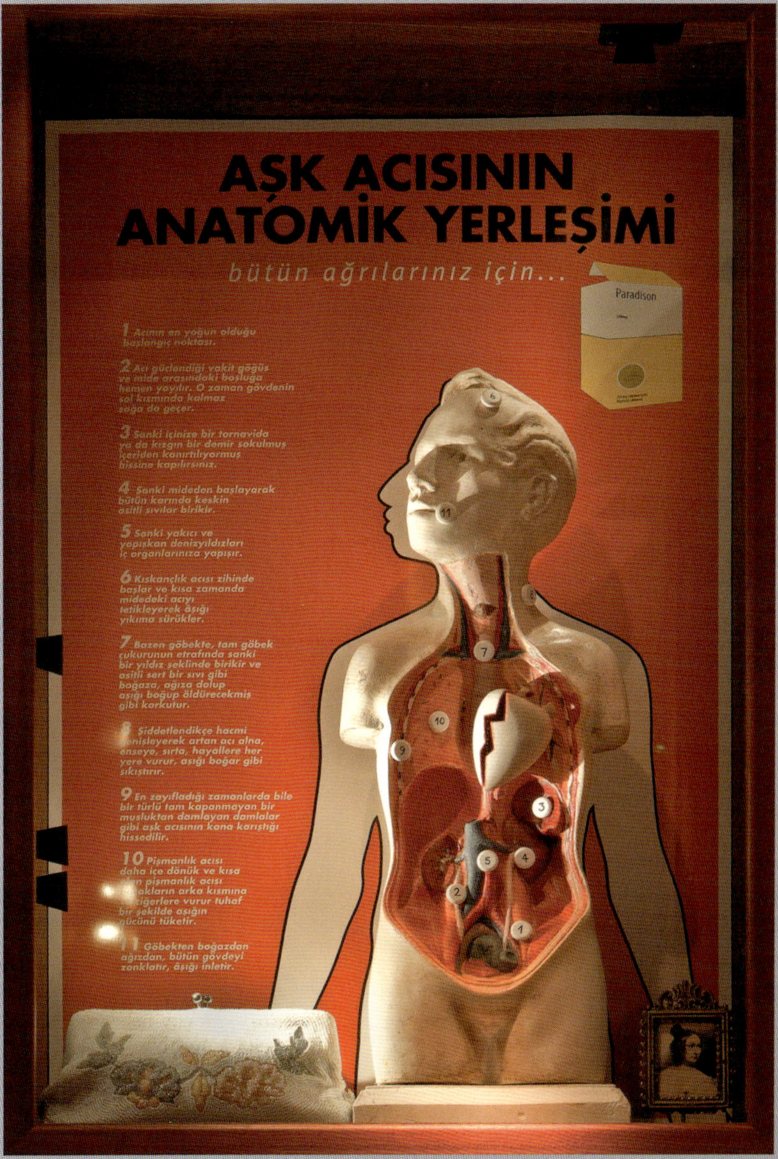

你所有的疼痛

1. 最初感到痛得最深的地方。
2. 疼痛加剧时，会扩散到肺和胃之间的腹腔。那时候，疼痛不仅盘踞在左边的腹部，还会蔓延至右边。
3. 你会感觉到像有一个发烫的拨火棍或是螺丝刀在你身体里搅动。
4. 先是胃，然后是整个腹部，好像酸水在泛滥。
5. 那感觉就像是黏糊糊、热乎乎的小海星吸附在你的五脏六腑上。
6. 头部最先感到嫉妒之痛，然后很快就引发了胃部的疼痛，让陷入爱情的人憔悴。
7. 有时候，疼痛会化成星星聚集在肚脐，一股酸水喷射到咽喉和嘴里，让人顿生窒息之忧。
8. 当疼痛四处弥漫、愈演愈烈时，它会顺着肩膀、后颈爬至前额，然后进入整个身体，甚至侵入到梦里。在它的钳制之下，沉迷爱情的人会窒息。
9. 即便是在最缓和时，我们也能感到疼痛进入血流，好像它是从一个关不上的水龙头里不断向静脉滴注下来。
10. 后悔之痛要短暂和收敛一些；在腿背和肺里，陷入爱情的人能感受到它在偷偷削弱自己的力量。
11. 从胃部、咽喉再到嘴里，它会让陷入爱情的人全身颤抖，最终号哭不已。

27 别那么往后仰，你会掉下来的

画家阿赫迈特·伊斯科奇把这张照片用作小说的封面设计，它不是在博斯普鲁斯海峡与马尔马拉海交汇处拍摄的，而是在一次野餐上。

这里展示的野餐篮子——热水瓶里装了茶水，塑料篮子里铺满葡萄叶子、煮鸡蛋、几瓶梅尔泰姆汽水，以及扎伊姆祖母传下来的美观大方的桌布——兼有传统的趣味以及茜贝尔和努尔吉汗所热衷的法国家居和园艺杂志的灵感。因为它，我们才有了这次周日的远足。它也能让博物馆的访客在体验了馆内陈设的压抑和我自己的痛苦之后，得到些许放松。但无论是读者还是访客，切莫以为我会忘记自己的苦痛，哪怕仅仅只是片刻。

这幅画由建筑师安托万·伊格纳茨·梅林所绘，来自1819年巴黎出版的《君士坦丁堡及博斯普鲁斯海峡览胜》。欧洲画家梅林在十九岁时旅行至伊斯坦布尔，画了很多水粉画，还没哪个西方艺术家像他这样，以一种直接的、现实主义的和精确的方式来描画这个城市。他是无与伦比的，因为他拒绝对这里的风土人情进行夸张或是东方化，还因为在他创作的博斯普鲁斯风景画上，他利用透视法形成了一种风格，就像中国的卷轴画一样，包含了所有的景致，但是没有一个中心。作为一名景观

设计师，梅林能注意到那些建筑与草木相依的地方存在着美的细节。伊斯坦布尔北郊的贝尔格莱德森林里，有一座大本特水库，自四世纪以来，它就一直是这座城市的水利系统的一部分；在苏莱曼一世（1520—1566）以及艾哈迈德三世（1730—1755）统治期间，它垮塌过几次，也重建过两次。正如 38 号展盒里艾丁·帕慕克的家庭录像带所显示的，在 1950 年代后，贝尔格莱德森林成为拥有小汽车（后来是货车、面包车以及便携式烧烤架）的伊斯坦布尔家庭偏爱的野餐地点。

根据与凯末尔的谈话，我在小说里写到了我会如何在博物馆里展示这幅梅林的画作以及野餐篮子。我是按照凯末尔的指示来做这些的，跟往常一样，先要得到他的允许。然后，我会设想画作与篮子在橱窗里如何摆放。之后，我根据设想来画草图。等草图变成展盒里的现实后，我们开始耐心地对展品的摆放进行最后的润色，通过试错来增添、撤下或是挪动物品，每个阶段都要拍照。照片上毛茸茸的那只胳膊是我的，另外两只则是乔安娜和卡洛塔的。

在《建筑的七盏明灯》的《记忆之灯》部分，约翰·罗斯金提到了诗情画意的美，而且描述了那种建筑形态与草木、阴影以及斑点相遇时产生的意外之美。

28 物件给予的安慰

这个 1970 年代的玩具火车，是那个时期本地产的最好的玩具之一。懂行的观看者会注意到，火车头以及后面拖曳的单节车厢看起来一点也不像土耳其火车。那些留心火车颜色以及车窗、烟筒等细微处的孩子们很快就发现了这一点，他们马上会猜出，这一定是进口的欧洲火车；即使那些买得起这种昂贵电动火车的有钱人家的孩子，也会带着一种民族自豪感对这个玩具火车垂涎不已，因为它被称为“安卡拉特快”。《安卡拉特快》是一部 1970 年上映的土耳其电影，获过大奖，在当时广受欢迎；跟埃萨特·马哈茂德·卡拉库尔特（他既是一个通俗浪漫小说作家，也是具有法西斯倾向的国会的一员）在 1946 年创作的同名小说一样，这部电影竭力鼓吹现代化（往往表现为一种威权主义）。但电影里最令人难忘的是男主角埃迪兹·洪对女主角菲利兹·阿金（在土耳其影迷眼中，她看起来很欧化，当然了，她金发碧眼）说的一句对白：“上天创造女人是让她们去爱和被爱的——而不是成为一个医生。”跟那个时期所有的年轻女人一样，芙颂很迷恋土耳其电影（虽然不是全部的），但也取笑过它们（虽然不常这样，据凯末尔说）。当她在夜总会搞笑地模仿那些电影明星时，她手上会优雅地拿着一个镜子，就好像她是一个手持麦克风的明星一样。我要感谢阿赫迈特·伊斯科奇，他参观博物馆看到这个橱窗后，觉得“还缺点什么”，于是捐赠了这幅水彩画（画名为《红轮船》）。这幅画实际上并没有在小说中出现。照片上，我们则可以看到，女仆正抱着小时候的凯末尔前往泰什维奇耶清真寺。

萨满巫师们认为，不仅仅是火、水以及森林，万物皆有灵。研究十九世纪喀山鞑靼人的阿尔明·万贝里曾提到过，在伏尔加河岸有一种宗教仪式，用来对捕猎武器、火车以及钟表的灵魂表示敬意。福阿德·柯普吕律是最早揭示中亚突厥蒙古人的萨满教对伊斯坦布尔的卡兰达尔、贝克塔什、里法伊等教派活动存在影响的人之一。柯普吕律在二十世纪早期钟表作坊的两份挂历上读到一首教育诗——在他的笔记本里有所记载——他在其中看到了那种认为万物有灵的萨满教信仰的踪迹：

我既是一个时钟也是一个生命。当你把我看作一个时钟时，别忘了我也是一个生命。不管你是否意识到我是一个生命，都要想想时间之神。我既是一个生命的灵魂，也是一个时钟的灵魂。它在夜里熠熠生辉，而在白天它合拢时，我也转向内在。

十二世纪，也就是亚里士多德的《物理学》完成1400年之后，阿威罗伊[1]在读到这本书的阿拉伯语译本时，特别指出不可分割的物质（原子）与不可分割的时间单位（片刻）之间存在着一种对应。正如亚里士多德《物理学》所言，时间显现于单个的片刻消退之时，所以当物品显现时，它们就失去了自己的故事。正是在此意义上，物品的纯真性得以显现。我们的博物馆建立在一种矛盾的愿望上，既想讲述物品的故事，但又想显示它们超越时间的纯真。

1 Averroes（1126—1198），西班牙安达卢西亚哲学家和博学家，被称作“西欧世俗思想之父”。

29 我无时无刻不在想她

我发现疼痛一点都没变，就像有一盏黑灯在我身体里持久燃烧着，吐射出黑暗。

人类总是会不自觉地将脑子里一闪而过的想法，或是灵魂里莫名的悸动，与周遭此刻发生的事联系在一起，虽然明知这种联系不存在。亚里士多德在他的《形而上学》第十二卷中概述过对这一主题的思考（后来阿勒法拉比[1]有所发挥），他提出了著名的主动理智理论。打个比方，如果我们此刻有一个愤怒、仇恨的念头，同时又看到一道闪电击中远方的大海，那我们就会想象我们的狂怒与闪电之间有某种联系。如果停电时，我们在一个黑屋子里盯着天花板看，正胡思乱想着，这时灯突然亮了，我们在脑子里或是想象中，就会把灯亮与那一刻我们在想的事——比如小时候接种疫苗的回忆——联系在一起。著名的专栏作家耶拉·萨利克写到过在电影院里感受这种联系，他说只要他感到有任何不安，电影胶卷就会在那一刻发出咔嗒声。杀人犯和托钵僧都惯于郑重宣告，他们最内在、最强烈的思想能在现实中获得真实的反响。阿赫迈特·伊斯科奇很认真地读了我写的这一章，而且对塞拉尔头脑的那种状态表示完全认同，他认定是凯末尔的思绪和强烈的心痛让这棵树着了火。

1 Al-Farabi（872—950），西方称其为阿尔法拉比乌斯，是喀喇汗王朝初期的哲学家。

黑灯机

记得有一次在阁楼闲聊时，我兴奋地跟凯末尔谈起埃德加·爱伦·坡1836年写的文章《马埃泽尔的棋手》。在一个正经历现代化的保守社会里，自动装置的神奇是那些热衷科技的人们爱聊的话题。凯末尔被坡所描述的景象给迷住了：大幕拉开，观众眼前看到的是一个盘着腿的土耳其傀儡独自在舞台上下棋。凯末尔是这么告诉我的："我感到痛苦，就像有一盏黑灯在我身体里持久燃烧着，吐射出黑暗。"这句话让我俩都笑了起来，就像小说第51章提到的撒夫萨花，但我们从来都没说破这里头的矛盾。如果"黑暗"或者说"黑色"是没有光亮的，那"黑灯"就是一个完美的矛盾语。所以，当凯末尔提到黑灯的存在，就像公寓区那些因为计时器坏了而熄灭的街灯时，他的话到底是什么意思呢？我做这个黑灯机是想尽力去展示，凯末尔的话总是那么精确，以至于它们能通过物品来表现。坡令人窒息地描述了马埃泽尔如何从口袋里掏出钥匙，打开机器，发现它"里头满是轮子、齿轮、控制杆以及其他机械"。我则利用了伊斯坦布尔的黎凡特家庭直到十九世纪末（大概也就是博物馆的建筑开始兴建的时代）还在使用的一种小型手动意大利面条机上的操作杆，还有那个时期的一些时钟零件。我们这个博物馆不仅展示着物品、影像、图画和照片，也在仔细探寻着明喻和暗喻的表达方式。

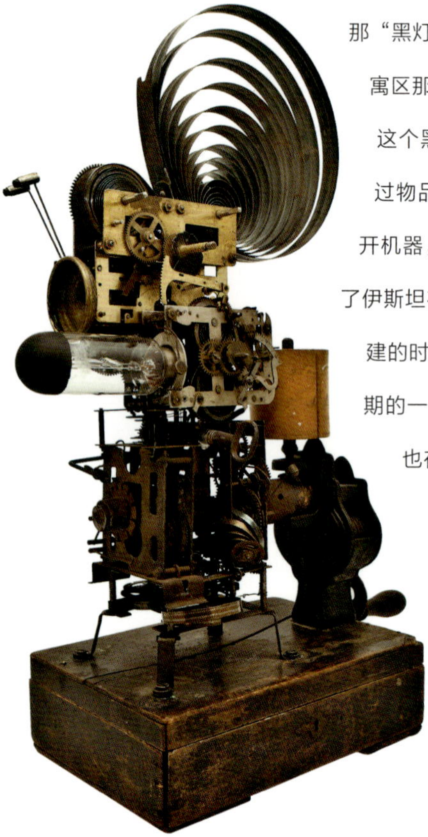

芙颂从此消失了　30

这把尺子是博物馆最早的藏品之一，是凯末尔在第七次辅导数学时送给芙颂的礼物；一年后，当他发现芙颂家的缝纫娘在用它做缝纫时，就拿了回来。在塑料制品广泛使用（一直到小说中的故事开始时）之前，伊斯坦布尔所有中学、大学里的学生都人手一把这种三十厘米规格的尺子，它与58号展盒里的圆规一样，是男孩们操场打斗时少不了的东西。在教室里，严厉的老师会先要求一个调皮捣蛋的学生掏出他的尺子，然后用这把尺子敲打他的胳膊、手腕、手掌和指尖来惩罚他。就像那些对着刽子手微笑的浪漫傻瓜一样，一些学生会一只手交出他们的尺子，然后微笑着伸出另一只手，朝老师摊开。而音乐课的老师们教唱歌时则会拿尺子当指挥棒。

31 让我想起她的那些街道

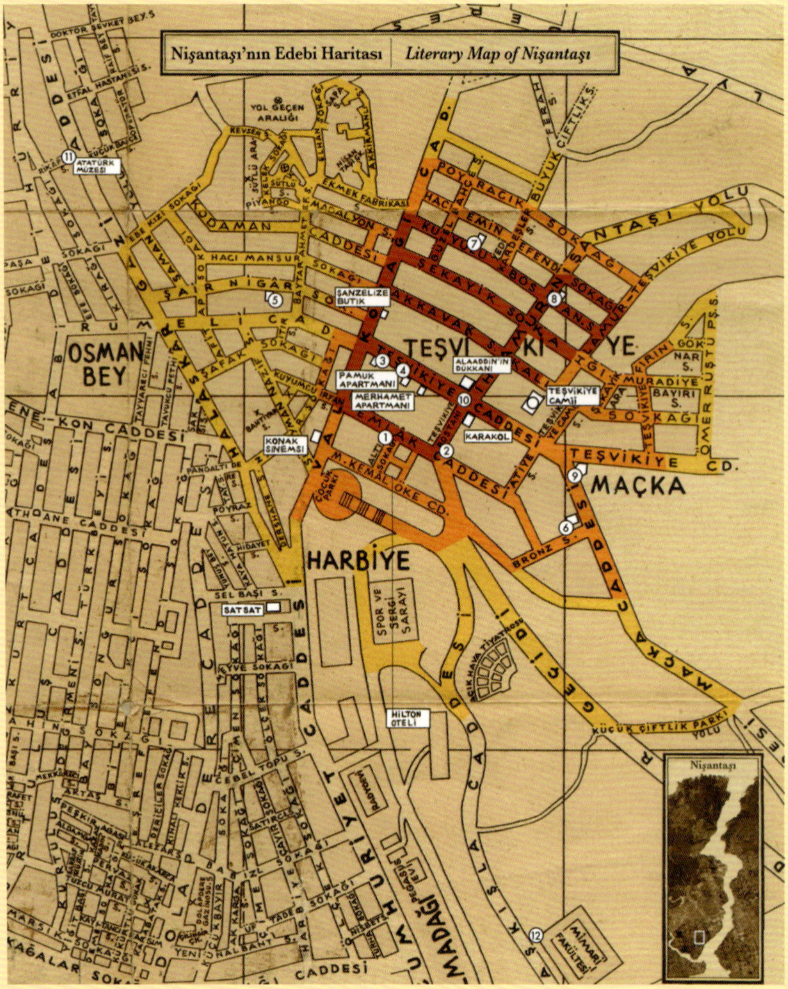

1. 1975 年，一辆水车在此地碾压了一辆共乘出租车，造成贝尔克斯死亡。
2. 记者阿布迪・伊佩克奇 1979 年 2 月 1 日在这个拐角被谋杀。
3. 二十世纪杰夫代特先生和他的家人居住的房子。
4. 《黑书》里的专栏作家耶拉・萨利克的秘密办公室。
5. 《雪》中的主人公、诗人卡的老宅。
6. 芙颂在这片空地上看到羊被屠宰，那是 1969 年 2 月 27 日，宰牲节的头一天。
7. 耶拉・萨利克家的老宅。
8. 一座三层公寓楼，芙颂跟她父亲塔勒克先生以及母亲内希贝，在这里一直住到 1974 年。
9. 凯末尔・巴斯玛基家世世代代居住的公寓楼。
10. 记者耶拉・萨利克遇害的小广场。
11. 1918 年成为穆斯塔夫・凯末尔・阿塔图尔克家的房子（现在是一个博物馆）。
12. 伊斯坦布尔科技大学建筑学院——塔斯奇斯拉大楼，1974 年 6 月芙颂在这里参加了大学入学考试，这也是《新人生》的主人公奥斯曼遇见他的恋人嘉娜的地方。

32

我以为是芙颂的影子和幽灵

我总觉得，不该把小说主要人物的图像放在小说的封面上。因为读者如果有机会自己去想象小说人物的话，更能对他们心生认同。（我们能筹建博物馆，是因为这个规律不适用于物品。）同样的道理，我坚信博物馆中不能出现小说主要人物的肖像。但是，当我偶然得到一张 1970 年代道尔马巴赫切钟塔的明信片——可以在左边看到——并且想起芙颂的时候，这个想法改变了。站在前面挎着包的红衣女郎，面容跟芙颂不太像，但穿着打扮和亭亭玉立的样子有几分相似。看到明信片的那一刻，我想起的不是凯末尔绘声绘色向我描述的芙颂，而是 1974 年我跟她在希尔顿酒店花园里翩翩起舞的时光。那时候，我还很不了解芙颂——她也一点没注意到我。当我在内希贝姑妈位于库于鲁・博斯坦大街的新公寓里给姑妈看这张明信片时，她说很高兴看到，我在凯末尔去世后建了博物馆，而且她也许认为我想听到她对照片的肯定，她说：“是的，这就是芙颂。”说完就泣不成声了。杰伊达看了这张明信片后，认为红衣女郎远看有一点像芙颂。她回忆起给凯末尔和芙颂传信的那段日子，她跟凯末尔是如何在马奇卡公园会面的，而且不时朝外看道尔马巴赫切钟塔。后来我们想到把红衣女郎的画像剪下来，贴在心碎的凯末尔目睹芙颂幽灵的所有地方。

YAPI KREDi
Hizmette sınır yoktur
SIERA
Crosley

上图：这张芙颂的幽灵在塔克西姆的照片，让人片刻间恍惚起来。那些宁静的时刻从来都是短暂的……

下图：在去大卡达岛的船上拍摄的布尔加兹岛风景。在距离这么远的地方还能一眼认出芙颂的幽魂，凯末尔总是对此感到惊讶。

粗俗的消遣

33

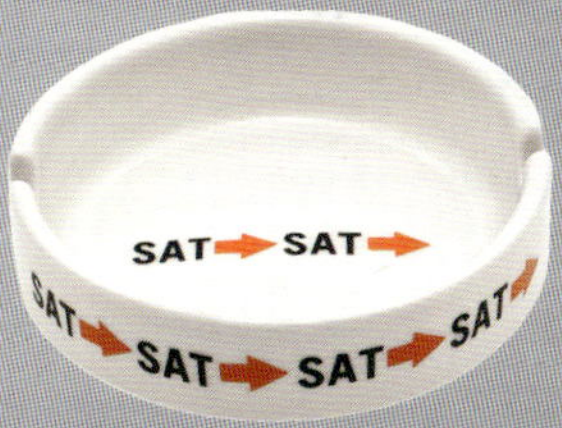

这是第一个我还没能完成的展盒——或许是因为小说中对应的一章已经充满了细节内容。因为伤心而最终悬梁自尽的热拉尔·德·奈瓦尔（1808—1855）在他的《奥雷利娅》里某个地方曾写到，生命什么也没给他留下，除了“粗俗的消遣”。我想在这些细节与充斥着丑陋公寓、仓库、小工厂以及垃圾场的可怕街区之间建立一种联系。

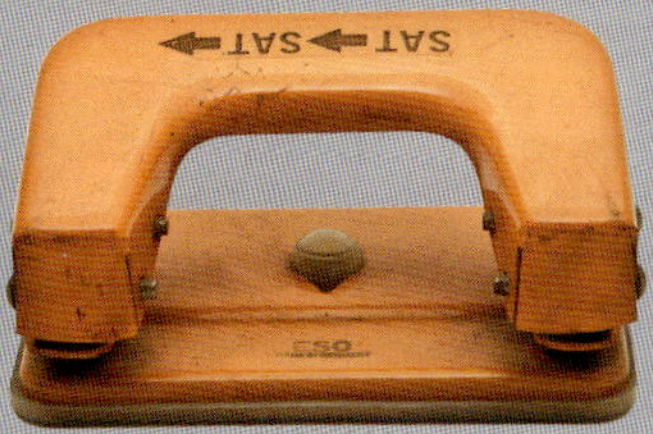

34 像太空里的狗一样

我，莱卡

小说的男主人公提到一条无名的狗“被送进了太空”——我就是那条狗。我们饱受相思之苦的男主人公把我当作他“孤独”的隐喻。我很感激他记得我，不管是出于什么缘由。我远在天边，但很多人知道我的名字。那些喜欢（虽然也许我该说是“同情”）我的多情崇拜者和追随者——如果在这样漫长的旅程中我还能被追随的话——大致能分为三类：

1. 动物爱好者或爱狗人士。这些人有非常合理的理由拥有这种感情。

2. 冷战类型。这些人受到美国中央情报局的资助，他们利用我来口诛笔伐，而且无比正确地指出，1957 年苏联人纯粹为了宣传目的，把我放到斯普特尼克 2 号上送入太空，置我于死地，这样做显然是不人道的（尽管我们正在谈论的是狗！）。

3. 对死亡、生命意义以及永恒有某种形而上学兴趣的上流社会人士。他们当中大多数都对爱情神魂颠倒，而我是他们对孤独的恐惧的完美提示和化身。

这三类崇拜者都有一个共同的错觉，那就是我死定了。但是我，莱卡，还欢腾着呢，作为苏联革命伟大胜利的象征，朝着永恒进发。在这里我没有太多的空间，所以我必须尽快写下我所看到的一切，因为它们也许有用。

没有什么比永恒更美！就像许多宇航员会重复我的话说（时间的概念在这种环境下发生了改变，就像在博物馆中一样），从这里看过去，地球像一个蓝色的橘子。但那是半个世纪以前的地球了。现在我能看到深红色的天空，粉色的云，橘色的火焰，亚里士多德的行星系统，船只在黄昏时漂过阿金提布努，拉克玻璃酒杯，土耳其第一个精神分析学家，看起来像煤炭星球的渔网袜；我想请你们注意，那些重大问题的惯常答案与这里能找到的答案大为不同：

1. 对自己真实，一往无前。

2. 永远别忘了，危险即将来临。

3. 不要去问其他星球上是否存在生命。

我一点都不反对奥尔罕・帕慕克展示我看到过、经历过也描述过的这些东西。他拥有绘画的才能，也怀有巨大的写作激情。

10 — — — — — — — — TABİAT BİLGİSİ — — — — — — — — —

7 — GEZEĞENLERDE HAYAT VAR MIDIR?

Bilginler, yaptıkları araştırma ve denemelerle gezeğenlerde hayat olamıyacağı sonucuna varmışlardır. Çünkü bâzı gezeğenlerin ısı derecesi yeryüzündeki canlıların hiçbirinin yaşamasına elverişli değildir. Kiminde ısı 350 derece, bâzılarında ise sıfırın altında 40 dereceden daha düşüktür. Bâzı gezeğenlerin ısı derecesi ölçülememiştir. Yalnız Mars gezeğeninin ısı derecesi dünyamızın ısı derecesine yakın olduğu için orada hayat olacağı umulmaktadır. Fakat bu da sadece bir umuttur. Bunun kesin olarak bilinmesine bugünkü bilgilerimiz ve araştırma araçlarımız yetmiyor.

Gökyüzünde sayılamıyacak kadar güneşler ve onların etrafında dönen uyduları vardır.

Gökyüzü sayısız yıldızlar ve güneşlerle dolu ucsuz bucaksız bir âlemdir.

1962 年，伊斯坦布尔出版的一本电子学校三年级自然科学教科书里，有一页上这样写着：

“经过大量调查和实验后，科学家们已经得出结论，其他星球上不可能有生命。这是因为这些星球上的气温不适合地球上的任何生物生存。一些星球上的气温在零下 40 度左右。而另外一些星球根本就不可能去测量其气温。只有火星的气温接近地球，人们希望能在上面发现生命。但这仅仅是希望。我们今天所拥有的知识和工具还不允许我们确切地知道一切。

在天空中有无数的太阳，卫星围绕着它们转动。”

图片下面的说明文字写着：“天空是一个浩瀚的王国，装满了无数星星和太阳。”

36 一个为了平息爱情伤痛的小希望

我知道，博物馆的参观者们现在一定对我的心痛往事多少有些厌倦了，所以我这里展示了一张比较可爱的新剪报。它是杰伊达参加选美比赛的官方特写照，还配有一个访谈。在访谈中，她声称自己的人生目标是与一个梦想中的“理想男人”喜结良缘。

这里展示的信，还装在信封里。既因为我想长话短说，也因为我不想让那种使我陷于缄默的羞愧大白于天下。在二十年后筹建纯真博物馆时，我依然感到这种羞愧。如果读者和博物馆参观者能够打开这封信的话，他们会发现我是如何向芙颂哀求的。

从麦凯公园到道尔马巴赫切的风景

这是我身在异国他乡或在飞机上写小说时一直带在身边的一张照片。（政治压力有时候不允许我待在伊斯坦布尔。）凯末尔曾告诉我："我凝神看着道尔马巴赫切清真寺，它就像远方的梦一样闪耀着，带我回到了童年。"那时我们还没有发现这张照片。

在伊斯坦布尔，许多住在泰什维奇耶和尼相塔什附近的富人们，周末会步行去马奇卡公园，以博斯普鲁斯海峡为背景拍一些家庭照。所以 1950 年代和 1960 年代，道尔马巴赫切峡谷以及海滨的清真寺逐渐成为最常入镜的伊斯坦布尔风光之一。这张照片里似乎不经意的自然景致——前景里树木的线条，轮廓分明、让人想起比萨斜塔的清真寺和方塔，神秘的光晕以及风骤起时引起的、让一切变得朦胧和恍惚的呼啸——所有这些细节都完美地契合凯末尔的心境。小说大部分都直接来自凯末尔讲述的一字一句。但在凯末尔去世后，当我从我们共同的藏品中为博物馆挑选照片时，我常常问自己：他会觉得这个合适吗？每次我都告诉自己，重要的是凯末尔和芙颂的感情，以及博物馆的精神。

37 空房子

凯斯金一家搬走了，留下空荡荡的房子。凯末尔进去后，拿走了一个门把手，十八年来，芙颂几乎天天摸过它；一个玩偶的胳膊；一颗旧弹珠；一片墙纸；一个挂在马桶链条上的瓷柄。但那时候他还没想过要建一个博物馆。

38

夏末聚会

正如这张照片所示，人间至乐莫过于一同开怀大笑；但让人悲哀的是，母亲跟我这样的时候屈指可数。我把这张照片放在这里展示，是觉得它能让我们一窥凯末尔跟他母亲那种奇怪的、既亲密又疏远的关系。这就是凯末尔想要的，他带来了自己母亲的结婚照和地契，放在这里展示。凯末尔对芙颂强烈的爱恋与他对母亲的亲近之间到底有多大关系呢？我们虽然有过多次谈话，但凯末尔从未谈及这个话题。博物馆虽然能够照亮过往一段秘史中的幽暗秘密——或者，比方说，一段爱情故事——但无论是凯末尔还是我都没有想过，他的故事里可能有更黑暗的隐藏起来的一面。

端详这张照片时，我们谈起了左边那个茶壶。这种茶壶在 1950 年代的家庭里很常见。我们俩都记得曾在桌上看到一罐橄榄。饱满的黑橄榄泡在月桂叶和百里香调味的橄榄油里腌渍。凯末尔常常公开宣称，他相信人们对物品的精神依恋是人生最大的安慰之一。

我的叔叔艾丁·帕慕克出生于1923年，1948年他从美国带回了伊斯坦布尔第一台8毫米彩色摄像机。

他拍摄过自己的母亲（我的祖母），也用镜头记录了1950年代我们周日早晨去博斯普鲁斯海峡旅行的情景，以及伊斯坦布尔的街道和船只。

这些画面展示了我们夏日前往的岛屿、马车、博斯普鲁斯海峡沿岸的防洪堤和饭馆。

尼相塔什广场，泰什维奇耶大道以及穿行在城市间的老式有轨电车。

下雪的冬天我们去博斯普鲁斯海峡游玩，从楼房之间看到的博斯普鲁斯的风景以及我们的童年。

在我们一同去乡下的公路旅行中，我想起了凯末尔童年的很多片段。

我们把我叔叔的老电影投映在纯真博物馆顶楼的墙上，凯末尔一看到老伊斯坦布尔的家庭生活片段中出现一辆小三轮车，就会站起来。

“这是**你**一生中最幸福的时刻，奥尔罕先生，”凯末尔既是提醒又是逗笑地说道，“你知道吗？”我们都认为这句话应该作为小说的开头。

39 坦白

Merhamet
APT. 131
eltem
Su
Kamyonu
Öldürdü
HAYA
Paradison

40 别墅生活给予的安慰

我起来把百叶窗打开，每每对窗外跃入眼帘的美景感到惊诧。

如果说，小说里或博物馆什么地方有怀旧的踪迹，或是对如今几近消亡的伊斯坦布尔生活方式进行缅怀的安魂音符，那它们主要是展现在这个部分。1950 年代，博斯普鲁斯海峡两岸充斥着很多让人不太舒服的、既不实用又很奢华的无主木制别墅，它们被称作“雅骊别墅”。帕夏、政客和权贵们一度在那里下榻，但富人们现在避而远之，更青睐那些远离海边的公寓街区，比如尼相塔什、希什利、塔克西姆。1970 年代到 1980 年代之间，也就是小说故事发生的时间，大部分“雅骊别墅”遭到烧毁或破坏，被水泥房子所取代。几乎所有幸存下来的“雅骊别墅”在接下来三十多年里也逐步被拆毁，取而代之的是那种木头贴面的水泥房，被设计成“返璞归真”的样子。但生活在这些蛋糕一样的新建筑里，跟生活在水泥楼房里没什么两样。写这部小说时，我尽量顺其自然，想象凯末尔和茜贝尔居住在位于安那多鲁城堡的“雅骊别墅”里。多愁善感的作家阿卜杜勒哈克·希纳西·希萨尔曾把“雅骊别墅”称为“博斯普鲁斯文明”最独特的表现。我关于“雅骊别墅”生活回忆的写照——船坞和划船远行，高高的屋顶，巨大的船只靠得那么近，仿佛它们正驶过客厅，海滨垂钓，桌子上的食物和油炸鲭鱼——灵感来自对荷兰静物画的记忆。

YALI HAYATININ TESELLİLERİ
The Consolations of Life in a Yalı

41 仰泳

梵尼客号轮船——城市快线的一部分——正驶过水边的老宅，凯末尔和茜贝尔在这儿度过了一个不太开心的秋天。

伊斯坦布尔的轮船

伊斯坦布尔新一代的收藏家在1980年代早期开始涌现出来。那时候，能展现传统奥斯曼文化和伊斯坦布尔少数族裔的珍贵文献、书法及相片已遭损毁。收藏家们非常青睐轮船驶过城市的照片。实际上，“轮船”成了卡德柯伊、贝伊奥卢以及加拉塔萨雷郊区二手商和书商给自己照片定价的一个参照。这些人扫一眼一张家庭海滨合影，然后很快就会提高售价，因为“背景里有一艘轮船”。随着互联网引发的收藏文化及传统的变革，对“轮船”的痴迷更是愈演愈烈。到2005年，照片兜售者能声称自己手头拥有的是“1903年城市轮船快线内瓦索号的罕见照片，它在1940年代被改装成了一艘车辆渡轮”。我要补充一句，从1990年代末——那时候我开始为博物馆和小说搜罗照片——到十五年后博物馆开幕之间，收藏艺术已经从那种主要靠走路逛旧货店的活动，变成在电脑屏幕前点击了。

收集伊斯坦布尔航行轮船照片的人有两类：

1. 一网打尽型。他们狂热地占有每个系列的每张轮船照片——比如说，主要集中在所有的城市快线轮渡，车辆轮渡，或是奥斯曼帝国海事管理局的轮船。他们乐于跟别的收藏者交易，对任何轮船特色的照片都兴趣浓厚。到后来，他们对那些博斯普鲁斯家庭照背景中的轮船也留心起来，四处搜罗这些照片。

2. 罗曼蒂克型。这个说法也许并不能贴切描述这类收藏者，但我对他们有一种特别的亲近感。他们对任何驶过博斯普鲁斯海峡的轮船——当地的或是外国的，客船或是货船——都兴趣浓厚。他们关心的不是船何时何地造的、挂什么旗子、属于哪条航线，或者运什么；他们主要关注的是照片引起的感受。这个感受是什么，我这里一言难尽；但我建立纯真博物馆的目的就是探求和表达这种神秘的感受。

24

BURGAZ

42 秋愁

到10月底，茜贝尔已经厌倦了旧水龙头没完没了的锈水，破旧厨房的黑灯瞎火，四面漏风的“雅骊别墅”，还有刺骨的北风。

43

寒冷而孤独的11月

11月中旬以来，只要半夜醒来……我们就会听到一个渔夫在小船上撒网的声响。他就在我们关上的百叶窗外，在博斯普鲁斯海峡静静的海水中抛下渔网。有时候，渔船就从我们卧室下摇过。跟这位轻声细语、不太说话的渔夫一起的，是一个纤瘦的小男孩，说话有点奶声奶气，对父亲言听计从。他们船头挂着一盏渔灯，灯光透过我们的百叶窗，在天花板上投下可爱的光晕。我们能听到船桨的划水声、渔网拉起时的溅水声、父子俩默默干活时男孩偶尔咳嗽的声音。他们来的时候，我们就醒了，像有默契一样。我们听到他们划着船，就在离我们床五到六米远的地方，而他们一点都不知道我们在一旁倾听；我们听到他们把石头扔进大海，受到惊吓的鱼儿被网住了，也听到他们偶尔的说话声，“抓紧点，儿子”，渔夫会这样说，要么是“把渔筐抬起来”，要么是“现在往后划”。

44 法提赫酒店

漫步伊斯坦布尔的荒街野巷是我人生的一大快乐。年轻时，只要我在中学或大学里想翘课了、心情郁闷了，或是为将来忧心忡忡，我就会到处游荡。我并不想去逛城市里那些繁华的街道，或是观赏奢华多彩的商店橱窗，而是去想象家家户户里面是什么样，想要了解那些家庭里的生活。那时候我心事重重，是一个左翼青年，一心想逃离尼相塔什那种西化、舒适生活的限制，去感受整个城市。像凯末尔一样，我感到有必要放开眼界，特别是要将眼前这些琐事放置到整个城市的喧嚣、历史还有它的芸芸众生中审视。我爱这些街道，爱街上这一切：戴着头巾的大婶终日劳碌，年轻的混混盯着街区里四处转悠、好像在寻觅孤魂野鬼的陌生人，老人和失业者在咖啡屋里混日子，在浓浓的煤烟里读报纸。有时候我会带上相机，照一些阿拉·古勒那样的照片，最后我会以三张右边这样的照片来结尾。我一直都保留着这个习惯；四十年后我仍然喜欢漫步——现在主要是在晚上，保镖得形影不离地跟着。独自一人或是跟朋友一起散步，时间久了，我开始明白，童年那些“破落而偏僻”的街道现在早已面目全非。但是，随着伊斯坦布尔的人口在半个世纪里从100万增至1200万，成百上千新的“破落而偏僻”的街区开始冒出来，取代了它们。

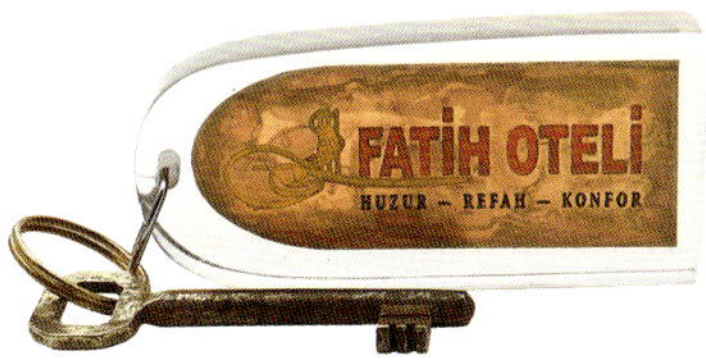

整个下午，我都在法提赫酒店和金角湾之间的街区转悠，每条街、每个店铺都逛了个遍，透过那些希腊人迁走后留下的旧石头房子和像要垮掉的木制房子的窗户，我偷偷地观看里头家家户户是怎么生活的。我心里装满了他们的欢乐、喧嚣、不幸和无处不在的贫困，直到最后为了躲雨，我迈步走进法提赫酒店。

45 乌鲁达山度假

乌鲁达明信片

亲爱的凯末尔：

你父亲把明信片的另一面都写满了，所以我只能在这一面写了。报纸上说，美国很冷，我们有些担心。我跟你父亲都很想你。扎伊姆、塔伊丰，还有你所有的朋友都在这里。但你不在，乌鲁达也没什么意思。你父亲情绪很坏，老是生闷气。你一定要完成自己的功课，不要消沉下去。

母亲

悔婚正常吗？ 46

多年以后，扎伊姆而不是凯末尔告诉我，在福阿耶共进晚餐时，茜贝尔问了凯末尔这个问题（这一章的标题）。他也声称，那天晚上拍的一张照片就刊登在《社会 13》杂志上。

47 父亲的辞世

我们对自己父辈的爱，对他们权威的畏惧，毫无疑问都反映在我们怎么看待他们的遗物上。跟凯末尔的父亲一样，我父亲有一个柜子，里头装着各色东西：股票证书、契据、账单、电报以及债券，可以想见，这是一个掌管着钱权的父亲。对孩子们来说，这些纸张票据有点无趣，甚至有点唬人；但它们也给玩具（一辆 1957 年产的红色法国雷诺豪华玩具轿车，是凯末尔童年时的最爱）、袖扣、硬币、药盒、钥匙以及怀表周围注入了一种特别的光晕。纯真博物馆搜罗的物品各有其用，引起的回忆也各不相同，当它们挨个儿摆放在一起时，能产生异样的情思。这个想法的灵感来自我们父辈的柜子。图片、照片以及录像带摆在这儿，为的是让物品更能在彼此间加强那种新的意义。在粉色电影票后头的圆形相框里有一张照片，能看到凯末尔的脚趾头，那不是他父亲的；但我在小说里提到过，他父亲的脚趾头跟他的完全一样。

这张照片是凯末尔父亲服兵役时的留影，他细心保存在抽屉里。可以看到，他正在跟一些部队高官一起喝拉克酒。照片拍于“二战”时，那时候土耳其还完全是军政独裁统治下的乡土社会。三十年后当小说中的故事开始

时，状况还是那样。无论是他父亲（坐在树的右边）这张照片，还是部队高官手拿拉克玻璃酒杯的独特姿势，凯末尔都很喜爱，这一点让博物馆团队有些感动。

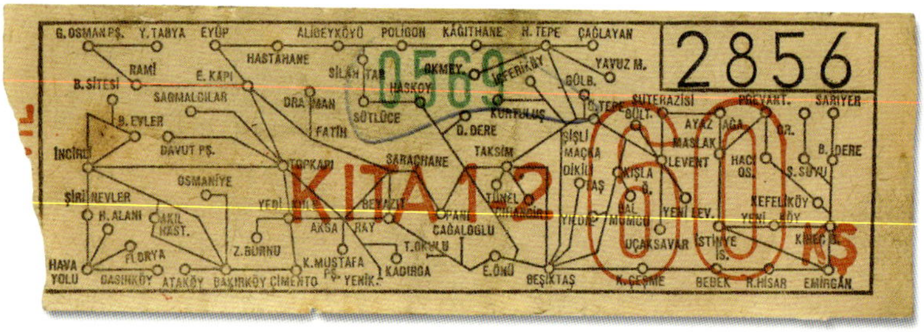

当凯末尔在大衣口袋里找到一张多年前的电影票时，博物馆团队深深为之动容。电影票突然间让凯末尔想起了电影的每个细节，情节、演员、场景还有色彩，他本来都已经忘记他看过这部电影了。巴士车票也同样引发了我们的回忆。凯末尔的父亲去世后，我们在他的抽屉里发现了这张有轨电车车票，我们有些好奇，为什么他有了轿车和司机后还要坐电车。但这个发现最动人的回声在于，这张车票让我们想起了老式公交汽车、有轨电车以及无轨电车的线路和站台。售票员用蓝色的笔标出乘客的乘车路线。如果检票员过来了——而且如果你没有心烦意乱地把车票揉成一团，丢到哪里——他们会看看车票上的蓝笔标示，确认乘客没有坐错路线。

凯末尔的父亲穆姆塔兹·巴斯玛基，一直提防着大富翁杰夫代特先生，但他又想替杰夫代特家做事。

跟我父亲一样，凯末尔的父亲大部分时间喜欢待在家里，躺在客厅沙发上，翻来覆去读报纸。只要读到一条他不喜欢的新闻，他就会把那一页撕下来，扔到地上；家里人把丢掉的纸片捡起来，又拼在一起。

博物馆与陵墓

凯末尔认为“museum（博物馆）”这个词并非来自表示“艺术与灵感女神聚会地”的古希腊语词，他宁愿相信它源于“mausoleum（陵墓）”这个词。凯末尔认同这个词源于土耳其的说法，认为纯真博物馆是在努力“回归传统”。他常提到古代世界七大奇迹之一，公元前十四世纪哈利卡那索斯的统治者、波斯总督摩索拉斯和他的妻子阿尔泰米西娅二世合葬的陵墓。（凯末尔爱谈的另一个陵墓是泰姬陵。）

当然，对我们来说，理想的“陵墓”就是凯末尔和芙颂的遗体合葬在纯真博物馆的地基下。但凯末尔知道，世俗的土耳其不允许这样做，所以他打算从他俩身上各取些微物件——甚至是一丝头发——与他们一生用过的物品一起，放在纪念博物馆里。这些物品不会对外展示，而是被精心存放在抽屉柜里，以备逝者去世后使用，就像在真正的陵墓里那样。从这张草图可以看到，我设计了一些带抽屉柜的展盒，往里装物品时，我感到了一种虔诚的敬畏。

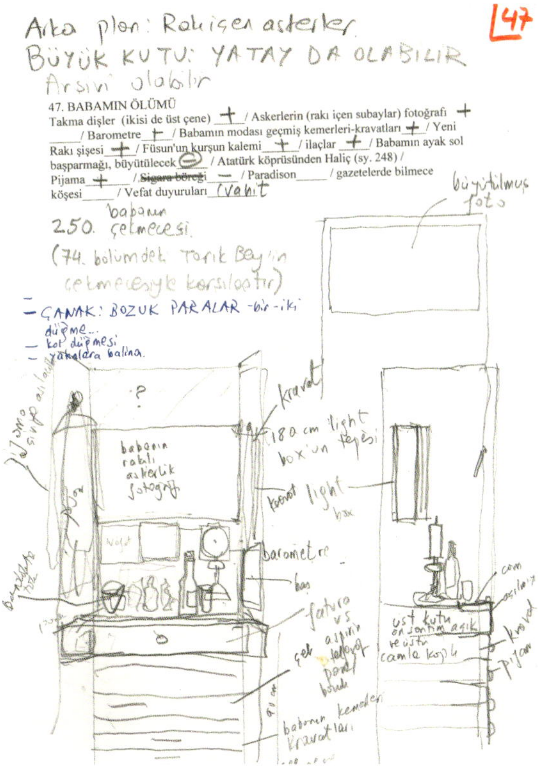

48 人生最重要的事情就是幸福

第二天，我给杰伊达打了电话。两天后，我们依然在马奇卡碰头，然后一起走到了塔什勒克公园。

我是要向她求婚的　49

走进顶楼的卫生间，关上门，我感到人生已不在我的掌控之中。对芙颂的依恋让它脱离了我的自由意志，脱缰而去。

51 幸福仅仅就是靠近所爱的人

51号展盒之旅

1. 芙颂长时间握着这个盐瓶。
2. 伊斯科奇家的私人摩托艇——来自《杰夫代特先生》。
3. 我们在埃米尔冈买的糖片夹冰激凌三明治。
4. 我们在伊斯廷耶吃的鸡肉布丁，上面撒了很多肉桂。
5. 我们谈起肥厚的贻贝需要加点肉桂。
6. 芙颂无聊时含在嘴里玩的锡汤匙。
7. 吃了一半的冰激凌甜筒，芙颂扔在了博斯普鲁斯海滨。
8. 撒夫萨花会分泌一种麻醉剂使自己入睡。
9. 父亲的鞋子，母亲在衣柜后面偶然发现的，这让她忍不住啜泣起来。

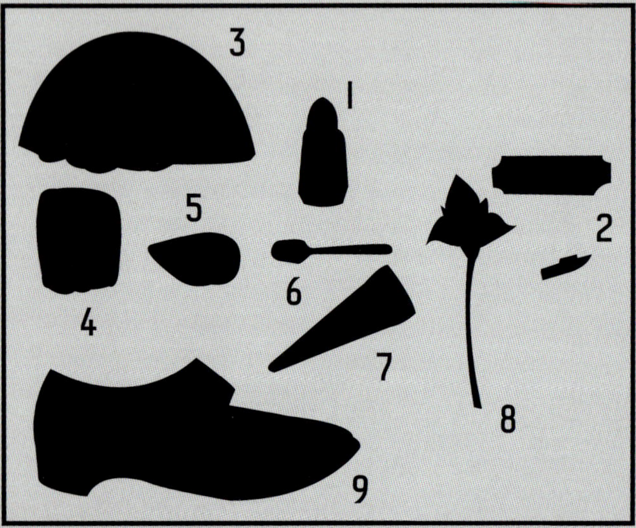

Füsun bu tuzluğu uzun bir süre elinde tutmuştu...
Füsun'un sıkıntıyla ağzına soktuğu teneke kaşık
Füsun'un Boğaz kıyısında yere atıverdiği ısırılmış dondurma külahı
babamın ayakkabısı
CEVDET BEY ve OĞULLARI
IŞIKÇI AILESININ ÖZEL MOTORU
KENDI KENDINE AFYONLU BIR İKSIR SALGILAYARAK UYKUYA DALAN
SAFSA ÇIÇEĞI

52 一部关于人生和痛苦的电影必须是真诚的

《托普哈内的奥斯曼》

《巴士乘客》

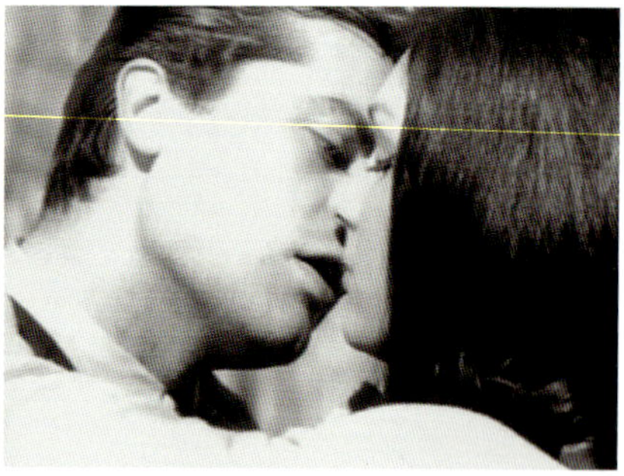
《雌狐》

《巴士乘客》

《妓女》

《当男人陷入爱河》

《热恋》

《罪恶的甜味》

《冒险王》

《生或死》

《真主祝福她》

《托普哈内的奥斯曼》

《巴士乘客》

《大都市规则》

《不情愿的新郎》

《爱中鬼魂》

《负心人》

《站街女》

《冒险王》

《生或死》

《巴士乘客》

《罪恶的甜味》

《是我还是他》

《伊斯坦布尔女郎》

53 心碎的痛苦和气恼无益于任何人

物的魔力

我是在伊斯坦布尔的露天影院里开始看土耳其电影并喜欢上它们的。这些影院远离贝伊奥卢和市中心，通常隐匿在居民区里，让观众感觉好像置身于家人和朋友中间。露天影院让我们能在银幕上看到我们自己的心碎故事。然而散场时，我们总是猜测电影在讲什么故事，好像我们并不知晓一样。我们吃着南瓜子，一会儿盯着银幕（经常什么也没有，只是一堵刷白的墙），一会儿又仰头看天上繁星。目睹眼前之物——仿佛它们是一部电影——就能看到我们的往昔回忆，这是可能的吗？纯真博物馆是由那些相信这是可能的、相信物的魔力的人建造起来的。虽然凯末尔关于物的信仰激励着我们，但与狂热的收藏者不同，我们不是出于一种拜物教的欲望去占有物，而是出于一种洞悉物之奥秘的愿望。我们内心里所承载的，跟这个秋夜的影院观众目光里所散发的，是同一种希望。当我们的灵魂聚集在物件上时，我们破碎的内心能感受到整个世界的完整如一，我们便开始慢慢接受自己的苦难。在影迷眼中，让这种接受成为可能的东西是值得铭记和珍藏的。它不必一定是在破碎的瓷心里，或是凯末尔多年来带在身边、芙颂的芳唇曾碰过的汽水瓶里。这些值得珍藏的东西，我们反而转向背景中的芸芸众生，转向另一个世界，或在时间的化外之地——在你之中寻找。

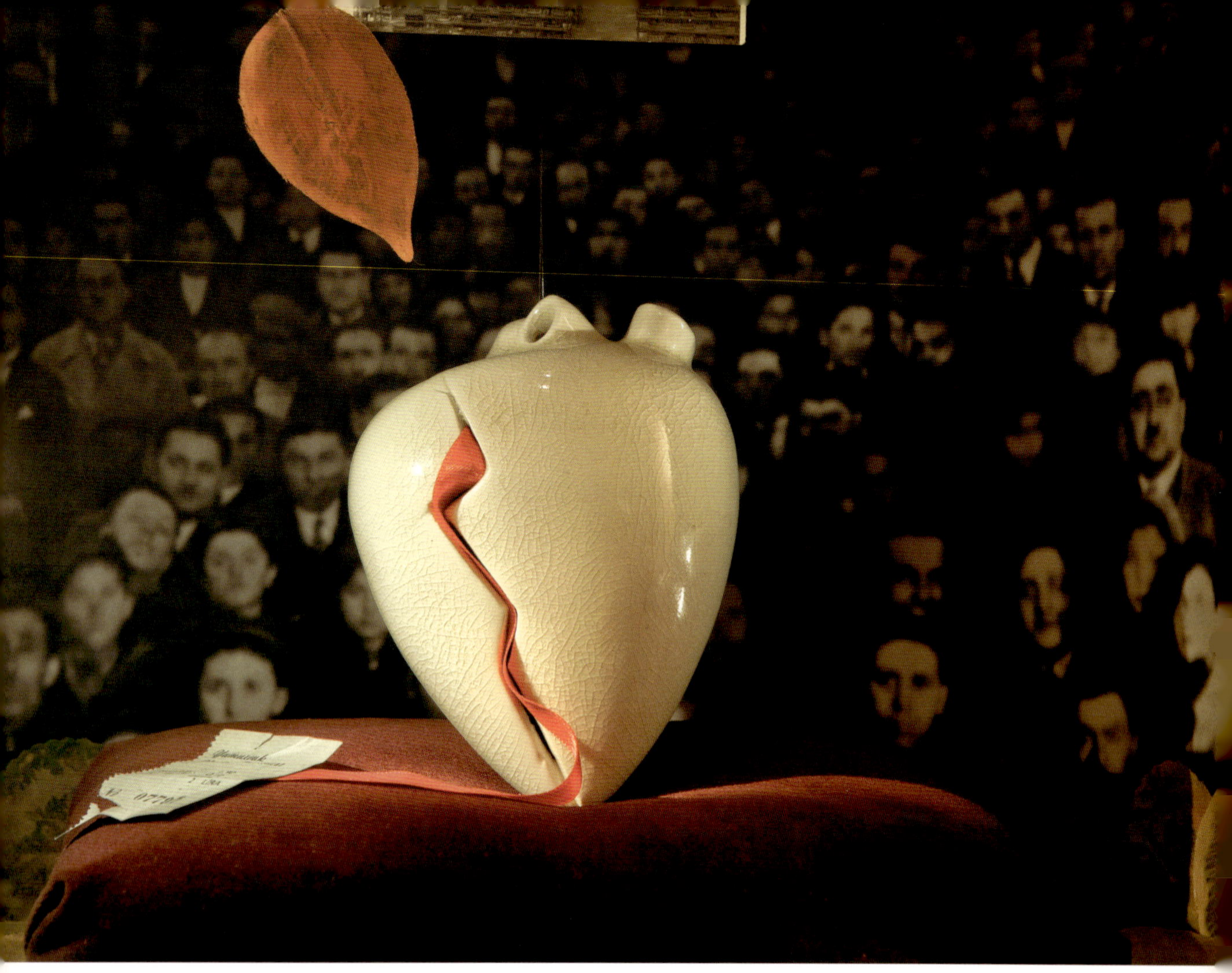

因为有千言万语描述我的“心碎”，所以在这里我展示了一个破碎的瓷心，对我的博物馆的所有参观者而言，它足以传达我在那一刻所处的绝境。

细心的参观者会留意到，在这群注视着银幕和我们的热情影迷中，有一个留着牙刷胡、穿白衬衫、领带微微偏右的男人，他的面容令人熟悉。瓷心准备好了之后，我从 6 号展盒拿了一条红色丝带的钥匙链，亲自把它穿过瓷心上蜿蜒的裂缝。1950 年代到 1970 年代，伊斯坦布尔的电影票都是纳林出版社印制的。出版社的老板哈古普·萨拉夫特地用一台还在使用的老式印刷机为我们印制了这张电影票。

时间 54

在《物理学》里，亚里士多德将“时间”与他称之为“现在”的一个个片刻进行了区分。一个个的片刻就像亚里士多德的原子一样，是不可分割、无法打破的东西。但“时间”则是把它们连接起来的直线。

……

漫漫人生让我懂得，记住时间——也就是把亚里士多德称之为“现在”的所有片刻连接起来的直线——对多数人而言，是一件很痛苦的事。

……

但是，如果我们学会不再把人生看作是亚里士多德的“时间”那样的一条直线，而是珍爱那些刻骨铭心的片刻，那我们在情人晚餐桌旁的八年等候，也就不再会显得古怪和可笑了。相反，这个求爱过程意味着 1593 个与芙颂相依的幸福夜晚。

我收集这些大大小小、曾感受过芙颂的触摸的物品，一一标上日期，让它们长留在我的记忆中。所有这一切，都是为了给后世保存下那些幸福的时刻。

55

明天
您还过来，
我们
还一起坐坐

这张下雪的托普哈内广场的照片，来自 1970 年代中期的一张明信片。小说中的故事在那时开始，从广场到芙颂家只有五分钟的路程。就像我喜爱伊斯坦布尔的雪景一样，我喜欢小说故事发生在伊斯坦布尔雪后的街头。照片上，下了整晚的大雪慢慢停了下来；快中午时，太阳出来了；天气也许开始放晴了，虽然雪还没开始融化。在交通繁忙的街道，一种泥黄色清晰地显露出来，这让我们注意到，天空也是雪黄色的。从影子我们能推测这时候是下午三点左右，但由于某些原因，照片给读者的感觉是在早晨。图片中心是无轨电车的一抹红色；在公交车站等车时，我总能远远就看到这个颜色。一直到 1960 年代末，我常乘坐无轨电车往返于学校。坐在里面，人们能听到电动马达不时发出的嗡鸣声。无轨电车发动时，总会晃动一阵子，加速后就更颠簸了。四十年后，这个画面上最迷人的景象莫过于 1970 年代伊斯坦布尔的那种空旷。雪让城市显得更加空旷了，而且给它注入一种幽灵般的气息。但我们可要记住，芙颂和凯末尔就住在附近的街区。如果你步入无轨电车后面的博阿兹凯森大街，走上五分钟，然后进入右边的第五大街，你就到了。

在一个地下室茶馆里，四个男人正在玩牌。从穿着蓝色条纹衫的男人身旁的记分表，还有每个人拿牌和垂臂的样子来看，我敢说他们在玩的是四人“皮斯蒂”：这是伊斯坦布尔咖啡馆里最简单也最热闹的纸牌游戏。游戏的目标是在整副牌中找到与桌上的牌配对的牌，然后就能得牌并记分。扑克牌 Jack 被叫作“小伙子”，而 Queen 被唤作“姑娘”或“女士”，配对的牌放在一起，所以这个游戏很容易用来取笑性关系和同性恋。两个观战的人因为这些玩笑哂笑不已，而手拿托盘一旁走过的服务员也是如此。童年和中学时，我常常看人们玩牌，所以对这种几乎是男人们保留节目的荤笑话早已见怪不怪了。而同性恋方面的玩笑，则可以用来强化意识形态，它构成了土耳其男子军队的基础，把这个团体和数百万其他相似的人结合在一起。桌边笑得最开心的那个人，一边看别人玩牌，一边让人擦亮他的皮鞋。在一篇关于擦鞋匠和顾客态度的人类学论文中，米迪亚特教授认为，这项服务的问题实际上并不在于顾客的鞋子，而在于对擦鞋匠的羞辱。教授的几千个访谈显示，在擦鞋时，顾客通常脸半转过去坐着（就像这张照片），还问擦鞋童一些问题，比如“你为什么不去上学？”或者“你是哪里的人？”。有经验的擦鞋匠往往会在鞋和袜子之间放一块纸板，确保袜子不会被鞋油弄脏。日光灯旁有一盏沼气灯，这是因为在 1970 年代会经常性地停电。跟坐在这个地下室茶馆里大多数人一样，我也不清楚墙上那幅“热带”风景画来自哪里，但恰恰是这种不清楚让它看起来简直像“在天堂一样”。在画面背景里的柜台上有一个罐子，里面能看到隐约的白色，那里头装的是一堆方糖。当凯末尔去凯斯金家拜访时，司机切廷就在这样一个地下室茶馆里等他。

56

柠檬电影公司

因为写了两个电影剧本（其中只有一个拍成了电影），我跟凯末尔那时候一道成为了土耳其电影圈的一员。每次回想起这一幕，凯末尔就会当乐子一样给我讲一些耶希尔恰姆的逸闻趣事。那些野心勃勃但整容失败的女明星——比如纳扎·绍拉伊——是那时候年轻人挂在嘴边笑谈的话题。

57

无法起身告辞

我的笔记上记着，在阁楼上最后几次会谈的一个晚上——准确来说，是 2004 年 1 月 17 日，晚上 9 点 20 分——我们每人喝了双份拉克酒后，凯末尔称自己是“一艘搁浅的轮船，一堆可耻的缺陷和羞愧的堆积物”。我们在交谈中已渐有灵犀，我们的主人公说这样的话，是想表达自己在芙颂家那些晚上的心情，虽然时候已然不早了，他仍迟迟不愿起身告辞。但我怀疑，这实际上是凯末尔对他整个人生的比喻。尽管我亲爱的朋友在他生命快结束时一直告诉我——正如他在小说结尾时那样——他的“一生过得很幸福”，我还是想问他，这是不是真的。但我并没有就“幸福”这个话题泛泛而谈，而是询问他为什么选择一艘下沉、搁浅的轮船作为自己挫败的隐喻。

他的答案很简单：我们都是伊斯坦布尔的孩子，看过无数船只行驶在博斯普鲁斯海峡上。在我们的城市，让人灰心、绝望的事莫过于被人问：“什么，你的船在黑海上沉了？”我们都很崇拜海轮“伊兹密尔号”，但它不幸在 1957 年 2 月 3 日沉没了。那时候，我们俩一直在看土耳其报纸以及当时最畅销的杂志《生活》的报道，它们说它下沉缓慢但无法挽回。我们体会到了通常只会在国难默哀时才会有的痛苦和屈辱。

58

通姆巴拉游戏

OCAK
1
ÇARŞAMBA
MİLLİ PİYANGO
77 YILBAŞI ÇEKİLİŞİ İKRAMİYE LİSTESİ
1980

物的力量在于它们内在积淀的回忆，也在于我们想象和记忆的变迁。

在这个展盒的上部，我们能看到一张传统的土耳其日历，在小说故事中的年代，它在厨房、办公室以及商店里很常见。凯末尔和我喜欢看日历上的礼拜时间（为了照顾那些不认字的人，上面画着一个钟面），日历的正反页上还有烹调汤、米饭、沙拉和拼盘的菜谱，这是推荐给不知道当天做什么的家庭主妇和厨子的，以及从言情小说中摘引出来的诗歌和一些著名摔跤手的故事。

内希贝姑妈把一套通姆巴拉游戏用具捐赠给博物馆时，忍不住流下了眼泪。八年来的新年夜，芙颂家都是玩通姆巴拉度过的。从 1950 年代晚期到 1990 年代末，母亲也是用同一套通姆巴拉游戏用具，让我、哥哥和堂兄弟，后来又是她的孙子们开心的。当夜深时分，游戏结束礼物分完，孩子们和邻居都开始哈欠连天、瞌睡昏沉，内希贝姑妈会收拾起通姆巴拉用具，把天鹅绒袋子里一块块掏出来的木头数字块（共有 90 块）数一遍，用缎带将写有数字的游戏牌捆成一摞，把我们用来给抽出的数字做记号的干豆收拾起来，然后打包好一切放在角落，等待下一年的新年夜再用。

通姆巴拉是意大利家庭在平安夜玩的一种那不勒斯游戏。在阿塔图尔克实行年历改革后，它从黎凡特和意大利家庭扩散到了整个伊斯坦布尔，就像很多其他的节日传统和习惯一样，通姆巴拉很快就成为新年夜欢聚时必不可少的部分。

我们跟伊斯坦布尔的收藏者讨价还价，大费周折，才得到在凯斯金家见过的那种新年夜开奖的国家彩票。在我们这样一个穷国家，国家彩票大受欢迎，因为它是唯一得到国家官方许可的聚众赌博。不光穷人，富人也买彩票。他们买彩票的热情甚至并不少于那些想通过彩票飞黄腾达的下层人。凯末尔的母亲买这些彩票作为通姆巴拉游戏的奖品，但她也承认给自己留了一张。跟其他人一样，她总在大家面前浮想联翩，说如果中奖会拿这些钱干什么。但其实每个人都知道，她并不缺钱。新年夜开奖后，报纸会登出中奖彩票号码，彩票店会给彩民贴出中奖彩票，就像我在这里展示的那样。

“这彩票印得太小了，快帮我们瞅瞅，中了啥奖没有？”有时候，祖母会问我们这些孙儿们。我喜欢看彩票上的画，而不是上面的数字。从 1940 年代到现在，国家彩票上的图画显示了国家官僚和西化的艺术家们为升斗小民们设想了什么样的未来：一切都像是在学校课本里一样，人们比现实中更衣冠楚楚、脸色红润，也更幸福；乡下人看起来更健康、光鲜，也更欢乐；到处都是观光者和民俗景点，阿塔图尔克的画像和雕像，国旗，士兵，刺刀，还有坦克。

我在 30 号展盒里展示的尺子和这个生锈的圆规（芙颂在通姆巴拉游戏中赢得的），在学校操场的战斗中常被当作刀和剑。

59

让剧本通过审查

达克提罗·德米尔（“打字机德米尔”）在给剧本加工以通过电影审查方面，颇有自己的一套。他会用自己那台有名的打字机，按自己风格，把剧本重写一遍。剧本里有棱有角的地方被磨圆了，富人和穷人、工人和老板、欺辱者和受害者、好人和坏人之间的尖锐对立也被软化了，只剩下天真烂漫。他也比别人更深谙此道，那就是在电影里加入国旗、祖国、阿塔图尔克以及真主之类的陈词滥调，来抵消主人公在电影结尾发出的尖锐批评之声——这些话往往无法通过电影审查，却能取悦观众。

1960年代末到1970年代初，我偶尔会去看伊斯坦布尔的业余拳赛。它们表面上看有些业余，但我知道这些年轻人为了能赚点钱，是多么能吃苦、多么拼。但是，除了少数人，这种训练在土耳其其实没有真正的未来。那时候，我刚刚决定当一个作家，附近就是体育与艺术中心，我对伊斯坦布尔生活中那些不同寻常的地方有着巨大的好奇。而且我是一个有点孤僻、没什么朋友的年轻人——这就更有理由去看拳赛了。在空荡而冷清的拳击场里，安保队年轻的保安们表情紧张，一副剑拔弩张的样子，每个人都用敌视的目光看着别人——至少在我看来是这样——这让我不免害怕。我觉得伊斯坦布尔的拳赛看起来太残酷，也太苍白无趣了。有趣的是，我发现达克提罗·德米尔——我在小说里提到过他，一个能让电影剧本通过审查的老手——年轻时曾是库尔图鲁斯队里的一名拳手。他把我手写的电影剧本，用打字机打了出来，然后稍加润色，通过了电影审查。

在安宁饭店度过的海峡夜晚

60

那年夏天，光顾博斯普鲁斯海峡边的传统餐厅，成了我们的一大嗜好……我们头一次去的，是一个叫作“安宁”的不太引人注意的饭店，那里碰巧有座。塔勒克先生常去那里，因为在那里能看到隔壁宝石歌舞厅的精彩演出，也就是说，人们可以坐在饭店里，“远远地免费”欣赏那些土耳其老歌……这不仅是出门在外，享受美酒、和情人并肩而坐的幸福（正如许多奥斯曼宫廷诗歌所吟颂的那样），也是融入街头芸芸众生、自得其乐所带来的幸福。

63　娱乐专栏

AKŞAM ● 8 Kasım 1979 ● Sayfa 6

CEMİYET　BEYAZ KARANFİL

SİNEMA VE SOSYETE: NACİZANE BİR NASİHAT

Hollywood ve Hindistan'dan sonra Türkiye'nin dünyada en çok film çeken üçüncü memleket olduğunu söylemek hepimizin hoşuna gider. Ama durum ne yazık ki değişiyor: Vatandaşı akşamlari sokağa çıkmaktan korkutan sağ-sol terörü ve seks filmleri, ailelerimizi sinema salonlarından uzaklaştırdı. Değerli Türk sinemacıları da film çekecek seyirciyi ve sermayeyi bulamaz oldu. Bu yüzden Yesilçam'a gelip "sanat filmi" çekmek isteyen zengin işadamlarımıza, Türk sinemasının bugünlerde her zamankinden daha da çok ihtiyaci var.

Eskiden bu sanatsever sinema meraklıları, güzel artist kızlarla tanışmak isteyen taşralı yeni zenginler arasından çıkardı. Eleştirmenlerimizce övgülere boğulan nice "sanat filmi", iddia edildiğinin tersine, aslında ne Batı sinemalarında aydınlara gösterilebilmiş ne de Avrupa'nın fakir kasaba festivallerinden bir teselli ödülü alabilmiştir; ama pek çok yeni zenginimiz ile "sanatçı" kızımızın tanışıp hoş aşklar yaşamasina vesile olmuştur.

Ama bu eskidendi. Şimdiyse yeni bir moda başlıyor... Artık zengin sanatseverlerimiz Yeşilçam'a güzel artist kızlarla aşk yaşamak için değil, zaten âsık oldukları kızları artist yapmak için geliyorlar.

Bunlardan sonuncusu, çok zengin bir ailenin oğlu, İstanbul sosyetesinin gözde bekâr gençlerinden Bay K. (adı bizde saklı) "uzak akrabam" dediği evli bir genç kadına öylesine âşık olmuş ve onu öylesine kıskanıyormuş ki, senaryosunu yazdırdığı "sanat filmi'nin çekilmesine şimdi kendi bir türlü razı olamıyormuş.

İddialara göre, hem "Onun başkasıyla öpüşmesine dayanamam!" diyormuş, hem de genç kadının ve rejisör kocasının peşlerinden gölge gibi ayrılmıyor, Yeşilçam barlarında, Boğaz meyhanelerinde elinde rakı kadehi sürünüyormuş, hem de güzel ve evli artist adayının evinden çıkmasını bile kıskanıyormuş.

Birkaç yıl önce Hilton'da bütün sosyetenin katıldığı ve sütunlarımızda anlattığımız şahane bir törenle emekli bir diplomatımızın çok cici kızıyla nişanlanan bu sosyetik zenginimiz, iddialara göre o nişanı şimdi "Seni artist yapacağım!" dediği güzel akrabası için sorumsuzca bozmuş.

Biz bu sorumsuz zengin çocuğunun Sorbonne'da okumuş, hanimefendi diplomat kızından sonra, simdi de özellikle çapkın beyefendilerin ağzını sulandıran güzel artist adayı F.'nin geleceğini karartmasına razı değiliz. Onun için, eğitici nutuklardan bıkmış okurlarımızdan özür dileyerek sosyeteden Bay K.'ya nasihat edeceğiz: Beyefendi, Amerikalıların Ay'a gittiği bu modern dünyada, öpüşmesiz bir "sanat filmi" artık mümkün değildir! Siz önce bir karar verin ve ya başörtülü bir köylü kızıyla evlenin ve Batılı filmi ve sanatı unutun; ya da başkalarının bakışından bile kıskandığınız güzel kızları artist yapma sevdasından vazgeçin.

“白色康乃馨”在“社会”专栏撰文的简报。

电影和上流社会
——一些善意的忠告

土耳其是美国和印度之外世界上电影产量第三大的国家，这是人们津津乐道的。但可惜的是，现在情形变了：满大街的色情电影和政治恐怖，已经让我们的家人远离电影院了。结果呢，我们优秀的土耳其电影人既找不到看电影的观众，也筹不到拍电影的资金。现在，土耳其的电影业比任何时候都更需要愿意去耶希尔恰姆拍“艺术电影”的富有商人。

以前，这些喜欢艺术的电影爱好者，多是那些来自小城市、想结识漂亮小明星的暴发户。许多让评论家们赞不绝口的“艺术电影”，事实上往往令人大失所望，既没法在西方的影院里公映，也没能在那些欧洲小镇举办的小电影节上得到哪怕是一个安慰奖，然而它却为我们的暴发户和“女艺人”的相识相爱，起到了牵线搭桥的作用。

但这是老话了。现在又有了一种新时尚……我们富有的艺术爱好者们去耶希尔恰姆，不再是为了跟漂亮的女明星们谈情说爱，而是为了让他们的小情人成为明星。

他们当中最近的一个例子，便是K先生，一位富家子弟，一向被视为伊斯坦布尔上流社会抢手的恋爱对象。但我们听说，他疯狂地爱上了一个据他说是“远房亲戚”的已婚年轻女人，以至于不愿她出演他自己请人写的“艺术电影”。

有传言说，他不仅公开表示，“我无法忍受她和别人接吻！”还如影随形地跟着那个年轻女人和她的导演丈夫。他自己总是手拿拉克酒杯，出没于耶希尔恰姆的酒吧和海峡附近的酒馆，但那位即将成为明星的漂亮女人即使出个门，他都要心生嫉妒。

据说多年前，这位富家子弟跟一个退休外交官可爱的女儿订过婚。我们在本专栏报道过，他在希尔顿举办了一场上流社会隆重出席的订婚仪式。可后来他却鲁莽地解除了婚约，心思全放在那位漂亮的亲戚身上，而且对她发誓：“我会让你成为明星！”

我们不会坐视不理，看着这位有钱却不负责任的年轻人毁掉另一个女孩的生活。先是那位在索邦念过书、颇有教养的外交官的女儿，现在是漂亮得让浪荡子们蠢蠢欲动的未来电影明星F。因此，在这里我们要向那些讨厌说教的读者说声抱歉，因为我们要给上流社会的K先生一些忠告：先生，在这个美国人已登上月球的现代社会，一部没有接吻的“艺术电影”是不可能的！你必须得下决心了：是跟一个包着头巾的村姑结婚，忘掉那些西方电影和艺术，还是就此打住，如果你连别人看一个姑娘的眼神都无法忍受，就别再想把这个可爱的姑娘变成电影明星了。

海峡上的大火　64

一艘装满原油的罗马尼亚邮轮与一艘希腊小船相撞，原油泄漏到海水里，导致油轮里外发生爆炸，燃起了大火……跟住在伊斯坦布尔的所有其他人一样，我把博斯普鲁斯海峡上的大火与政治谋杀、排队救济、高通胀以及整个国家贫困、令人绝望的状况联系在一起……我在街头小贩那里买了一杯茶，在一条长椅上找个位子坐下来，身旁是一个穷困潦倒、牙都掉光了的老人。我看着熊熊大火，心里感到一种幸福。

65

小狗摆设

TURİSTİK
TARİHİ
AĞA HAMAMI

收音机上的小狗东西有别

历史学家和西方评论家经常能注意到，流浪狗是最能抵制伊斯坦布尔西化的群体。从十六世纪以来，城市的街区一到晚上就会被街头流浪狗占领。伊斯坦布尔居民真的很喜欢这些狗，它们既是夜间的卫士，也是街道清洁工，因为它们喜欢吃垃圾。这种爱不是源于宗教的原因，而是来自日常生活中人们与街头流浪狗一起生存所造就的亲密。十九世纪，当西方城市为了提高卫生和健康水平而驱逐流浪狗时，追求西化和现代化的奥斯曼苏丹们也在伊斯坦布尔如法炮制。为了实现军队的现代化而不惜杀掉成千上万士兵的马哈茂德二世（1808—1839），曾经计划把狗赶出伊斯坦布尔，结果并没有成功。在阿卜杜拉齐兹统治期间（1861—1876）以及 1908 年，街上的流浪狗遭到无情追捕，被流放到西弗里亚达的一个小岛上。但就像那些现代化改革举措一样，这个计划最终也失败了，因为公众呼吁让流浪狗回来。

关于伊斯坦布尔的街头流浪狗，意大利作家埃德蒙多·德·亚米契斯 1877 年曾写过一本在今天依然很了不起的精彩的书。书中描述道，老伊斯坦布尔穆斯林街区的人们在大白天会绕道走路，以免打扰流浪狗睡觉。而佩拉和加拉塔地区的人们，连残羹冷炙都不愿留给流浪狗，任其在这些基督徒的街道上苟延残喘。因此，如何对待狗，能非常形象地说明东西方之间迥然不同。在东方，你会让野狗占据大街小巷，而在西方，你会让驯养的狗住在家里。

这些小狗摆设在1970年代曾经盛行一时。它们最先出现在伊斯坦布尔出租车的前窗或后窗旁。当车子经过坑坑洼洼的地方晃动时，它们的脑袋会跟着摆动。后来这些小狗从车窗摆设升级为收音机和电视机上的摆设，但随后又跟许多其他家庭物品一样慢慢消失了。

在我小时候，加拉塔和吉汗吉尔地区的市政官员、医生和化学家曾用毒药屠杀流浪狗（现代化总是屠杀的一个好借口），就因为它们把街道给占了。但在那些城市贫民窟里新出现的贫穷街区，居民扔的垃圾没人收，夜里也没派守夜人，新的狗群又聚集起来，而且受到安纳托利亚移民的欢迎。跟奥斯曼时期大量的流浪狗比起来，我在 1960 年代吉汗吉尔地区遇到的流浪狗，既不太壮，也不太凶。每当凌晨三四点我从工作室步行回家时，跟其他伊斯坦布尔居民一样，我学着不去害怕黑暗中活动的流浪狗，或至少要掩藏起自己的害怕。但无论如何，那时候的流浪狗都显得很瘦弱。

虽然狗在我们伊斯坦布尔的生活中很常见，甚至我们梦里都能听到狗吠声，但我这里展示的所有小狗摆设——它们大部分来自私人家庭——都产自土耳其国外（这一页底部的小狗除外，它产自土耳其屈塔希亚陶瓷公司）。这部分原因是伊斯兰的教规阻碍了手工艺术的发展。但另一个更可能的原因是，伊斯坦布尔的居民并不喜欢驯服的家狗，反而更喜欢满身污泥、肮脏、寒酸的街狗。带测量软尺的小狗摆设，是凯末尔去欧洲旅行时给内希贝姑妈带的小玩意儿。转动小狗尾巴，软尺就会伸出来或缩回去。而放在收音机上的小狗摆设是凯末尔从海外带回的，它能让凯斯金家像世界上许多其他家庭那样，品味到中产阶级家庭幸福带来的快乐，也能品味到把狗当人来善待和热爱的快乐。

66 这是什么东西?

67

古龙水

Ribana
Limon
80°
ES-KO
LİMON ÇİÇEGİ KOLONYASI
benson
LALE KOLONYASI
Servet
80°
TURİSTİK
PE RE JA

传统音乐与城市

借用西方的说法，土耳其老歌是“经典的”，在它唱着自己的天鹅之歌、日渐衰落的日子里，我远远目睹着这一切，仿佛在回忆一些早已逝去的奇妙事物。我的祖母喜爱“经典土耳其音乐”，当她在收音机里听到泽齐·穆然这些经典歌手的歌时，她会不由自主晃动脚上的拖鞋打拍子，儿孙们看了不禁莞尔。但对我们这代来说，这些音乐太老土了，我们强烈渴望的是现代。就像尼相塔什房子里的每个角落都会铺满又厚又重的地毯，老歌的伤感世界既给我们一种身处家中、相聚相依的温馨感，同时又给我们一种不够“现代”的失落感。祖母那个能闻到淡淡古龙香水味，里头塞满欧洲买的帽子、契据、银行存折、水晶糖碗以及糖渍杏仁等旧物的橱柜，也带给我一种同样复杂的感情。

泽齐·穆然是那个时代奥斯曼土耳其经典音乐最杰出同时也是最受欢迎的表演者。他在舞台上的辉煌演出，我只看过一次。我很快就意识到，从小到大我在收音机里倾听的这种音乐，是盖奇诺文化和社会环境的产

物。我对这些完全一无所知。1960 年代，泽齐・穆然在电台里出道，然后登上银幕，1960 年代之后，他成为盖奇诺歌舞厅最大牌的明星。新的富人们去那里吃吃喝喝，周围还伴着肚皮舞。泽齐・穆然率先使用了 T 形舞台，方便他拖着长长的麦克风线走到观众当中。他还为土耳其乐队带来了西方管弦乐队的风气，让他的萨斯[1]乐手统一着装。坐在前排、爱招摇的富人会给他送花，而他会逐一念出他们的名字，并用一种夸张的声调表达谢意，就好像是在婚宴上一样。他也精心设计自己的舞台服装。1970 年代之后，演出服很快变得绚丽、大胆起来。那时候，穆然被誉为经典土耳其音乐的“太阳”，他开始穿着靴子和超短裙登台，让人不免猜想他的同性恋身份。在全国性大众报刊上做访谈时，他哀叹自己的失败，因为找不到他梦寐以求

1 Saz，又称Bağlama，土耳其传统弦乐器。

泽齐·穆然在缓慢行驶的电车上唱歌，来自电影《流浪汉》(1957)。

想共赴婚姻的完美女人，就像是在他那些言情片中一样。在言情电影《流浪汉》中，穆然扮演一个用美妙歌喉掩藏自己贫困的擦鞋匠（一个经典的耶希尔恰姆的隐喻）。在博物馆二楼播放的录像中，有一个场景是他身子挂在从库图鲁斯开往阿克萨赖的电车上唱歌，这个场景完全能表达我对经典土耳其音乐和伊斯坦布尔的感受。

要想沉浸在这些感受中，你就必须要忘掉那些乱七八糟的社会现实：盖奇诺五花八门的广告、歌手之间的争斗（报纸社会新闻版面常常对此津津乐道）、歌手在盖奇诺歌舞厅跳槽这样的独家新闻，以及暴发户和腐败的黑帮实际上在支撑着这个世界。在土耳其电影中经常出现这样的情况：当背景里响起盖奇诺乐曲，在一个让人联想到童话故事和朴素艺术的舞台布景上，主人公正卖力演出时，摄影机突然切换到了伊斯坦布尔的城市景观。

在这样的时刻，乐曲让我们戏剧性地遭遇了城市的忧郁，但它也让我们把它当作一种哲学和道德去拥抱。泽齐·穆然美妙的歌喉告诉我们，在爱、人生以及世界当中，并没有什么极乐存在。但乐曲悲伤、缓慢的旋律以及亲切的曲调还是让我们得到安慰，它让我们明白，悲伤和失落并非我们独有，而是所有电车乘客和整个城市所共有的。还有什么比经典乐曲的力量所传达的这种理解更能安抚人心呢？乐曲告诉我们，我们自己痛苦的爱情故事，我们不想让世人知晓的挫败和耻辱，只是这个城市芸芸众生故事的一部分。

1960年代和1970年代的盖奇诺表演有类似童话般的布景，以缓和那些慷慨解囊的新富人的粗俗与“经典奥斯曼音乐”的高雅之间的矛盾。

68

4213枚烟头

1980
1981
1982
1983
1984

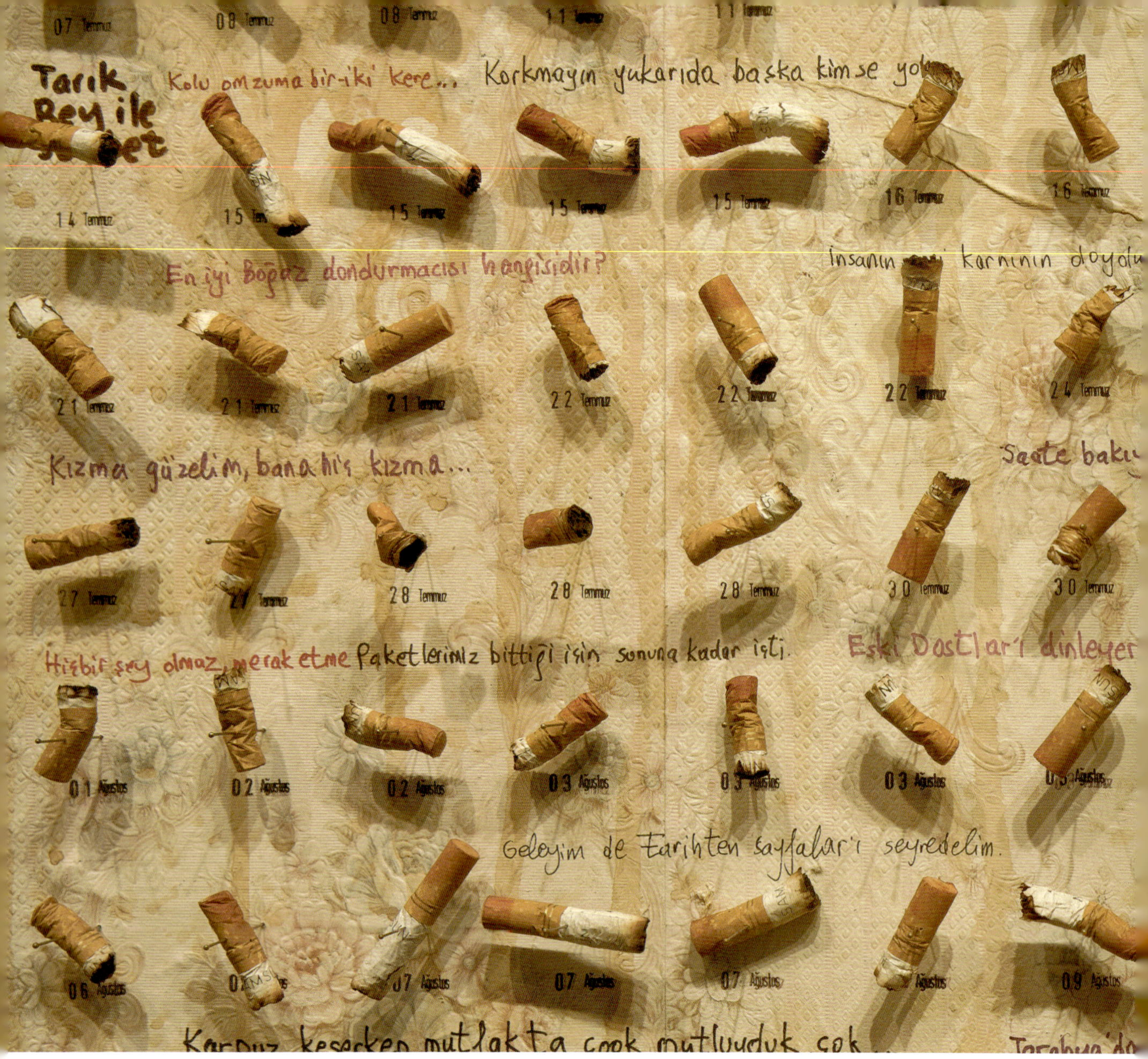

应凯末尔的请求，我在芙颂的每一个烟头下做了注解，它们是我们的主人公在那些特别的日子里留下的。2011 年整个夏天，我都忙于此事。有时候我会多写好几条，然后整个星期都忘了要做这事。其他时候，我则在地板上爬来爬去，津津有味地写个不停。我那时候处境也不好，所以设身处地去传达凯末尔的心声并非难事。我已经渐渐习惯在完全的安静中写作（无论是独自在家还是在图书馆里），那个夏天在博物馆里，我写下凯末尔的语句，跟其他人一起工作，一起大笑，我觉得自己更像是一个工匠而非作家。凯末尔就是那个活过并记得一切的人。而我，奥尔罕，仅仅是一个抄写员。

Avrupa'ya müzelere gitmek
çok tuz koyma benim güzel kızım, çok koyma... Hızınız
16 Temmuz
16 Temmuz
16 Temmuz
17 Temmuz
20 Temmuz
20 Temmuz
20 Temmuz
yerdedir
Merak etmeyin bakmıyorum
26 Temmuz
26 Temmuz
26 Temmuz
26 Temmuz
26 Temmuz
27 Temmuz
Sihirli sessizliklerde eşyalar çıtırdarken
30 Temmuz
30 Temmuz
31 Temmuz
31 Temmuz
01 Ağustos
döndük
Pencereyi kapayın sinekler
A siz ne zaman geldin
05 Ağustos
05 Ağustos
05 Ağustos
06 Ağustos
Zeynelden alınmış dondurmalarla
12 Ağustos
15 Ağustos
Niye kesliniz kastı hiç anlamadım.

不是你想的那样。

你很小心。

今天晚上无所事事。

不要忘了这一切。

惊鸿一瞥是不够的。

深夜的羞愧。

没有回头路。

我们哀悼格蕾丝·凯莉。

请等等。

我好像没在吸气!

我得到的好像已够多了。

别担心,我没在看。

仅仅是好奇,而不是贪心。

停水了。

烟飘进我的眼睛。

一个晚上六根。

凯末尔提出应该在门口的墙上展示芙颂留下的 4213 个烟头，同时在录像里播放她拿烟的手。在所有像伊斯坦布尔这样的城市里，人们少不了会抽烟，会彼此递烟点烟；所有的人类学家无疑都会同意，拿着烟，点燃烟，弹弹烟灰，最后抽完烟，这一连串的动作形成了一套别有深意的特别手语。正是基于这一人类学事实，凯末尔要求我们拍摄视频，同时保存每一支香烟，以便记录芙颂吸烟时的手势。

有时 69

小说的有些章节我花了好几个月去写，但写这一章时我文思泉涌，一个晚上就完成了，并且我非常喜爱其中的抒情性。但是我并不肯定，我们能像最初计划的那样，在二楼的栏杆下加上声效来展示它。在博物馆的这块区域，参观者能听到清洁泵的嘶嘶声，巡夜人的口哨声，钵扎饮料贩子的叫卖声，路人的说话声。我的朋友杰夫代特·埃雷克负责管理博物馆里的声效，跟他一起工作颇为愉快。有时候，我会从他手上抢过麦克风，模仿我小时候听到的轮船汽笛声。而有些时候，杰夫代特会消失几个月，然后带着他录制的世界上最奇怪的录音，兴高采烈地回来。

在纯真博物馆里，有三种声效：

1. 只能在展盒附近听到的持续声音；

2. 类似于黄胸丝雀鸣叫或渡船汽笛这样的声音，在整个博物馆包括入口大厅里，每隔 30 或 35 分钟能听到；

3. 在博物馆某些区域每 10 分钟左右能听到的声音。

纯真博物馆想保存小说中的那个年代伊斯坦布尔人会听到的声音。

70 破碎的生活

哈立德·齐亚的小说《破碎的生活》是土耳其小说的鼻祖，它讲了一个很有戏剧性的故事，一个已婚而且有两个孩子的父亲，偷偷维持着一段危险的婚外情关系。《破碎的生活》也是我们最爱的一部电影的名字。我想我们在外界的生活不是黑就是白，所以我们想转向内心，关注我们自己的生活，重新找到色彩，注入我们的世界中。于是，电影院门外排起了队，而在凯末尔看来，我们就像梦一样。照片上的男孩当然不是他。但在我们身上，回荡着这个男孩的灵魂，他的目光也是我们自己的。我们明白，他注视着那艘轮船，因为它好像让他回忆起了什么，而我们自己的目光也因此成为一种回忆。我们总认为我们正在观看，但其实我们所做的一切都是在回忆。不过，这个展盒还没最后完成，所以遮布还没有完全打开。

71 凯末尔先生，您很久没来了

在福阿耶，我听到侍者忙碌的脚步声，人们嘈杂的说笑，刀叉交错的声音……每当我回忆起在饭店人群中的这次谈话，我都觉得，对我而言，它是空虚和无意义的，就像那天我感受到的一样。

72 人生也就像爱情一样……

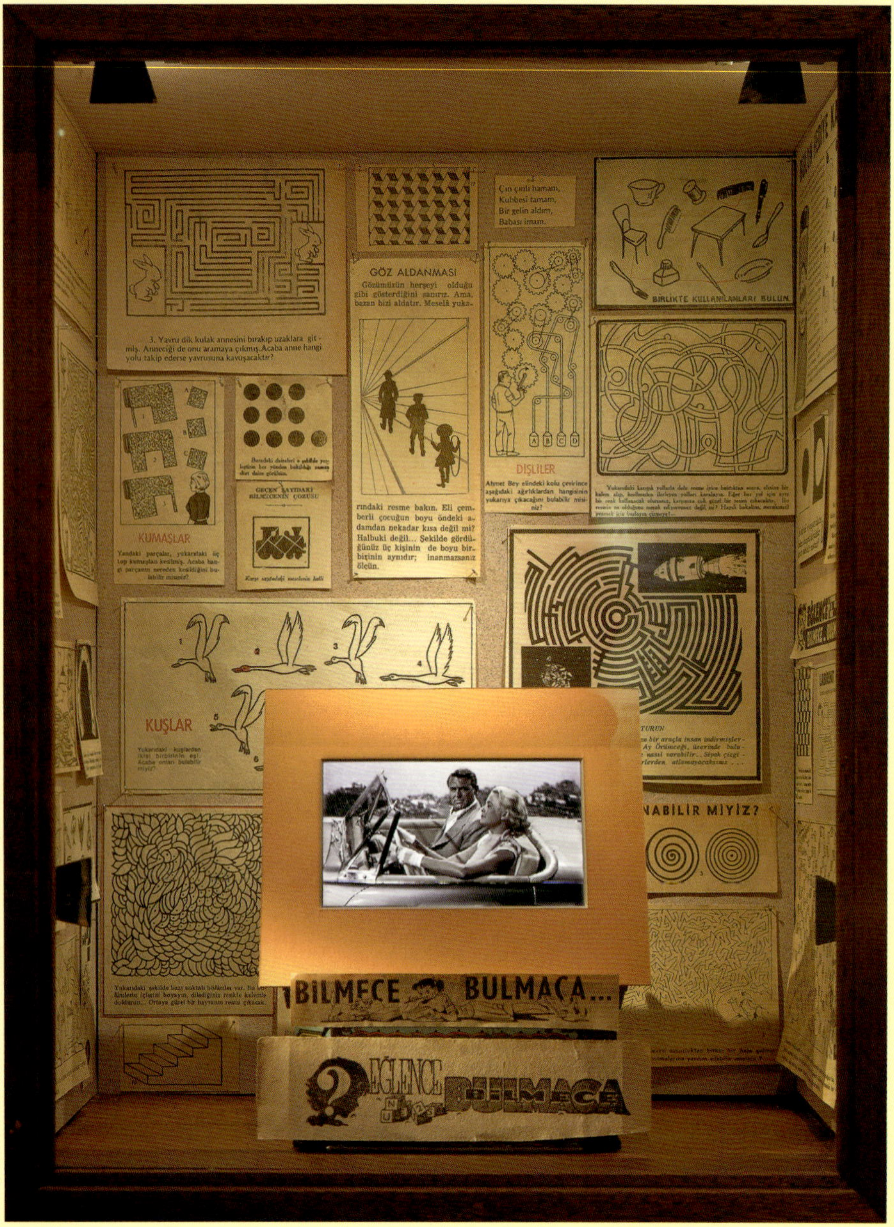

到目前为止，那些留心每个细节、在博物馆里一直思索小说的读者，现在可以把注意力放在这里展示的迷宫和视错觉图画上了，这样他们能更好地理解凯末尔“身陷梦中”的感觉。在此我想说的是，纯真博物馆能让没读过小说的读者跟那些已经读过的一样快乐。

就在车祸发生之前，芙颂把左胳膊肘架在车窗外，就像格蕾丝·凯莉在电影《捉贼记》里那样。这一点值得好好记住，特别是要弄明白芙颂的死到底是一场意外还是自杀时。

73

芙颂的驾照

芙颂的蓝色比基尼。56 款雪佛兰的速度表。芙颂驾照考试的课本，上面写满了问题和答案。我从一块空地刮来的伊斯坦布尔的土壤。一块从楚库尔主麻的木头老房子里拆下来有点腐烂的蓝漆木板。一张上面有很多木头房子的老街照片（卖糖人踩着踏板，棉花糖绕着木棍慢慢成形，就像孩子们围着卖糖人一样）。一台 1960 年代地理课上使用的地球仪。

汽车在博斯普鲁斯海峡边排成长龙，它们的主人在埃米尔岗公园里喝着茶。苍蝇绕着盘子里的油炸贻贝和肉丸嗡嗡飞着。为了能回忆起当时的情形，好讲给我听，凯末尔回到了从前跟芙颂走过的那些街道，他们当时在为芙颂的驾照跑材料。他看到所有的木头房子都大门紧锁，粗糙的鹅卵石街道覆上了沥青。凯末尔买给芙颂的珠宝和蝴蝶首饰。

汽车，家庭，男人和女人

1950 年代到 1960 年代，每到星期天，我们就会挤进叔叔的 54 款道奇轿车，一同驱车前往博斯普鲁斯海峡。除了汽车之外，我们还会带上另一样奢侈品：相机。翻看凯末尔的家庭相册时，我意识到他跟我一样，大部分童年照片都是在这些周日上午的博斯普鲁斯之旅中拍的。

为了我的博物馆，我研究了 1950 年代及 1960 年代伊斯坦布尔的日常生活。我注意到，在汽车、相机以及家庭之间，有着比我原先所认为的更深也更持久的关联。像欧洲人一样，西化的伊斯坦布尔中上层家庭发现，家人在车里交谈，正在慢慢取代晚餐桌前的闲聊。而那些原本顽固坚守传统的男人们，对汽车的激情也取代了他们对马匹的土耳其式嗜好。在家里、学校里还有朋友中，津津乐道外国汽车的制造和款式成了一种时髦，就好像我们在谈论马匹的饲养和品种一样。当人们把脚舒服地踩在汽车保险杠上时，车俨然成了被捕的猎物。当然，自信满满地靠着汽车，更会让自己力量倍增。尽管土耳其一辆国产车都没造出来，但这并不影响美国汽车很快成为男子气概和家庭幸福的象征。

女人开车这种事当然会被视作一种现代的标志（这就是为什么在1990年代末，戴头巾的保守女人开始驾驶私家车会被看作是一种矛盾）。1960年代，报纸上时不时会有女人开出租车的报道，但在伊斯坦布尔那些年里，我从来都没有亲眼见到过。在一大堆神化女性司机的电影中，《女司机内巴哈特》最受欢迎。在电影中，法塔玛·吉里克扮演的女司机内巴哈特甚至比男人们还要强悍，她会虚张声势，把那些挑逗她的乘客立刻赶下出租车。当我母亲像芙颂那样，汗流满面地换挡，一路颠簸开着车时，我跟兄弟们坐在车后座，简直苦不堪言。

对我而言，拥有汽车的极大特权——就像拥有一套公寓或是房子——与家庭的幸福和不幸密不可分（因为汽车里非常适合家庭争论）。跟别人一样，我也认为，如果家里人不在车前自豪地站好拍个照，那拥有一辆汽车还有什么意义。

ÇAMLICA: 30.III.957

2334

H.36948

74 塔勒克先生

her hafta bir sohbet
«İTİMAT YARATMIŞ BANKER BÜYÜK CIRO YAPAR
"Yurda dönüp tasfiyeyi bizzat yapabilirim"

这张音乐会照片，见证了塔勒克先生在卡尔斯高中教书的岁月。它拍摄于城里宏伟的民族剧院，这所剧院还是俄治时期留下来的。在照片拍摄四十五年之后，就在这个剧院，诗人卡为一群目瞪口呆的观众朗诵了自己最新的诗歌（我在小说《雪》中叙述过）。一个流动剧团跟地下武装合谋，在剧院里发动了一场反对伊斯兰主义者和库尔德人的军事政变。塔勒克先生曾把妻子的收入和退休金存在银行家卡斯泰尔利（杰夫海尔·厄兹登）那里，结果打了水漂，卡斯泰尔利破产并跑路对凯斯金家打击很大，也在伊斯坦布尔的中上阶层中造成了很大震动。卡斯泰尔利后来回到了伊斯坦布尔，跟塔勒克先生这样的债权人打了多年的官司。虽然最后他的生意又开张了，但是经历多次破产后，他还是在 2008 年 6 月自杀了，就在小说《纯真博物馆》出版前两个月。塔勒克先生抽比林奇牌香烟，比他女儿喜欢抽的纳切特刀锋牌香烟要便宜，后者在当时要更流行。当然，一个像模像样的古董柜子总少不了一些标本，一两只鳄鱼，或者除此之外，两只蜥蜴之类的东西。

我再三问自己，用物品布置这个展盒（还有与之相关的 47 号展盒，“父亲的辞世”），展示芙颂父亲的人生、物品及离世的时光为什么会让我感到如此愉悦。是因为有机会多年之后摆弄那些熟悉的物品以作他用吗？我的祖母每天晚上睡觉前都会取下她的假牙，放到一个茶杯里——就像塔勒克先生那样。是因为可能有机会向读者展示小说里无法展开的内容吗？比如，塔勒克先生每周都会在体育比赛上下注？或者是，我用选举卡、旧梳子、照片之类的东西制作艺术品？我喜欢火柴盒、打火机、旧照片，那些最初没扔后来就舍不得扔掉的报纸上的涂鸦，餐馆账单和各种颜色的银行存折（特别是红色和紫色的）。把这些东西摆放在展盒里，量好尺寸，稍许变动位置，达到一种特殊的和谐，这一切都让我觉得我好像在建造一个世界——正如我创作小说时那样。

№ 153502
Müşteri ismi
№ 153502
T. C.
SEÇMEN
KARTI
1950 - 1954
Bu kartın dört yıl müddetle saklanması vatandaşlardan rica olunur.
1388
SİGARAMIN DUMANI
MÜZEYYEN SENAR
REŞAT EKREM KOÇU
TARİHİMİZDE
KAHRAMANLAR

东-西方怀表，“这就是我”

塔勒克先生对自己这块怀表颇为自得，它一边是罗马数字，另一边是阿拉伯数字；在新年夜或其他特殊场合，他喜欢拿出来，在客人面前显摆一下。这个对他来说其实并无用处的昂贵稀罕之物，是他有一天路过大集市时讨价还价买来的。尽管他并不遵守规定的祷告仪式，但他仍喜欢把这块怀表称为他的“微型礼拜计时室”。

早在穆罕默德二世（1432—1481）统治时期，老的清真寺就设有计时室。在那里，古老的土耳其式太阳钟和伊斯兰历的复杂系统被拆解开，以便计算礼拜时间和宗教节日的日期。这些包括日晷、日历以及各种天文仪器的“计时室”有一到两个房间那么大，毗邻清真寺。随着奥斯曼城市中引入机械钟表以及建立钟塔，再也用不着这些计时室来进行计时活动了。（从 14 号展盒里的照片可以看到，道尔马巴赫切广场的清真寺一侧有一间计时室，另一侧是一座西式风格的钟塔，后者淘汰了十九世纪末建造的计时室。）

根据老式的奥斯曼钟表，太阳在午夜时西沉，而六点钟时则是正午。在奥斯曼帝国日渐衰落的时代，受到西方的影响，政府办公室在使用土耳其式钟表的同时，开始逐渐使用欧式钟表。一直到 1925 年，土耳其全面转为采用西方的计时方式。这块东-西方怀表是内希贝姑妈送给凯末尔的礼物，它能同时显示传统的时间和现代的时间，是那个转折时代的产物。

东-西方怀表是我的朋友们命名的，他们目睹我全身心地投入、想用最好的方式去呈现它。有很长一段时间，我认为这块怀表最合适的地方是《时间》那一章。我应该把这块怀表的哪一面呈现给游客看呢？可以预料到，每个人的答案都是“我们必须两面都展示”。我也这么认为，可即便我们利用镜子去展示怀表的背面，正如我们展示塔勒克先生橱柜的抽屉那样，怀表也必定有一面在前头，而另一面在背后。无论如何，有一点是确定无疑的，那就是我们的博物馆一定不能在东西方之间有所偏倚。对那些嘲笑我有点过于忧心忡忡的人，我会回之以微笑，并对他说：“东-西方怀表，‘这就是我’。”

阁楼

凯末尔第一次告诉我他的故事是在一家餐馆里，花了整整三个小时。当我决定写一部关于他与芙颂之间爱情的小说时，我们很自然地就成了朋友。2000 年 3 月到 2007 年 2 月，这七年之间的许多个晚上，我坐在阁楼右边的椅子上，听凯末尔讲他的故事。

刚开始，我们在贝伊奥卢某个酒吧里小酌几杯，然后我们步行五分钟，来到博物馆，爬上阁楼，继续聊天，喝拉克酒。凯末尔通常躺在床上，枕着光光的枕头，盯着天花板，说着话。有时候他会停下来，拿起旁边桌上窄边相框里芙颂参加选美比赛时的照片（我在小说最后一页描述过），盯着看一会儿。有时候，我们东拉西扯闲聊着。谈生活，谈爱情，谈伊斯坦布尔，也谈物品。我觉得我们俩很像，而且我想

有这种感觉或许是喝多了拉克酒的缘故。有一两次，凯末尔注意到我有点累，我们于是交换了位置。他坐在我的椅子上，而我躺到床上。突然之间，我通过他的眼睛不安地看着周围的世界。我很容易就成了凯末尔。好像我的故事就发生在他身上，而他的故事就发生在我身上。每当我意识到这一点，我就觉得区分哪个声音是凯末尔的，哪个声音又是我的并不那么重要。这些物品难道不是勾起了我们俩同样的回忆吗？

凯末尔第一次给我讲他的故事时，几乎是滔滔不绝。在随后的七年里，他不断展开故事的细节，但核心是不变的，那就是他对芙颂的爱。他告诉我他脑海中回想起的各种事物，比如说木梨刨子，或是他给芙颂买的蝴蝶胸针。我写小说是一章一章地来，但是他给我讲故事完全是凭一时兴之所至，很多时候取决于我们在阁楼上能方便看到什么物品。凯末尔曾经把他讲故事的方式比作是一个螺旋，因为虽然他绕着一个稳定的核心在画越来越宽的线，但他从来都没有完全脱离他的出发点：爱。最初他这样打比方，仅仅

是因为他认为自己永远都不会跑题，但后来他在第一个展盒里展示的芙颂的耳环上，发现了相似的螺旋图案，这让他非常兴奋。我们后来意识到，连接亚里士多德的时刻的线条——换句话说，就是“时间”——不是一条直线，而只可能是一个螺旋。从凯末尔给我讲故事的阁楼往下看，在博物馆下面三层入口处有一个时间螺旋，看到这一幕的人会明白，就像把时刻联系在一起的线条形成时间一样，把物品联系在一起的线条创造了一个故事。在凯末尔看来，这是一座博物馆能带给人的最大幸福：看见时间变成空间。

建筑：从房子到博物馆

我们知道，博物馆的这栋建筑是在1894年伊斯坦布尔大地震三年之后建立的，但我们并不知道，它的建筑师到底是谁。这栋小建筑可能是一个亚美尼亚的工头建造的，那时候在这个地区他监督建造了很多的房子。

2001年，也就是我买下这栋房子一年后，我的建筑师朋友伊赫桑·比尔金和我就开始寻思，该怎么把它改建成一个博物馆。大约在这时候，我决心要保存这栋建筑物的外貌，它的中部应该是一个空的圆锥体，好让凯末尔能从顶点处的阁楼俯瞰整个博物馆和它的藏品，而在墙面的一头到另一头，应该有一个楼梯，每一层能拾级而上，就像慕尼黑的绘画博物馆一样。在小说中我写过在这栋楼翻新改造期间出现的一些建筑细节。2003年到2008年，我一直在收集藏品和写小说，但我忘了改建房子这回事。而且，伊赫桑也关掉了他的工作室。

2008年，小说在德国出版后，德国博物馆建筑师格奥尔格·松德尔-普拉斯曼跟我联系，说他能将现代博物馆的样式与我的意愿结合起来，完成建筑物的改建。2009年4月，我们抽出时间跟格奥尔格、他的妻子布丽吉特以及他们的女儿乔安娜在工作室一起磋商。我告诉他们，我想按照书中章节的顺序，在展盒里展示我的藏品。我喜欢“珍品陈列室”[1]这种想法，想建一个“奇观室”。但凯末尔的藏品跟那些来自异域的象牙之类的奇珍异宝完全不是一回事。而且我建议使用垂直放置的木结构和展盒。博物馆里有数以千计美丽而细腻的建筑和设计细节，这要归功于松德尔-普拉斯曼一家的辛勤工作。我要感谢他们，因为博物馆的照明系统为藏品注入了生命。每个展盒里放什么物品、怎么组合，完全是由我自己决定的，但如果没有卡洛塔和乔安娜的耐心协助，许多展示是无法完成的。

建筑师杰姆·于杰尔向我们介绍了当地可用的建筑材料、加拉塔及其周边地区的建筑传统以及当地的一些大师工匠，比如木匠梅廷·阿贾，我们亏欠他甚多。有很多工匠为博物馆的建立付出了工作和努力，首先要提到的，就是我的木匠朋友梅廷大师。

我们在工作室里组装展示柜，每天都会增添和去除里头的物品。2011年冬天，当展盒布置完，所有物品都搬进博物馆后，我开心地看到，展柜、楼梯以及整个建筑融为一体，完全如我设想的那样和谐统一。有时候，我们会花上几个小时跟杰姆和格奥尔格讨论，楼梯该怎么转向，窗子该朝哪个角度开，或者地板该用哪种材料（杰姆从一些木制老房子里找到了古旧木制品）。有时候我对没完没了的讨论有些厌倦，我就会请教装潢师外墙该涂什么颜色，然后自己再最终做出决定。

我花了六到八个月彻底检查博物馆最细微的地方，沉睡在内心深处那个画家的我好像苏醒了。多年来，我一直独居一室写自己的小说，现在我跟喧闹的人群为着一个共同的目标一同工作，这和我在大学时绘画一样快乐。在2011年春天的每一天，我跟乔安娜和卡洛塔一起查看每个展盒的细节；在克米特逐一摆好的烟头下面写下说明和注解；拿正在耐心地

1 原文为德语“wunderkammer”，欧洲收藏家用于陈列自己收藏的珍稀物件的屋子，是博物馆的前身。

改建的早期阶段，跟伊赫桑·比尔金在一起。

往每个烟头里装入假烟草的阿里开开玩笑；如果杰姆和格奥尔格在的话，我就跟他们聊一下建筑材料的细节；扬基每天把从旧货商店淘来的老照片、物品和报纸放在我面前，让我翻检；我一个人站在展盒前，冥思苦想怎么去完成它们；跟穆拉特一起谈论还缺些什么。后来，当我跟整个团队一起去楚库尔主麻餐厅吃肉丸时，我意识到，尽管我曾因为事情推进缓慢而担忧和沮丧，但实际上我非常快乐。

当我在博物馆的桌前坐下来，在笔记本上记上几笔时，我总是不止一次问自己，我所干的这一切到底有什么意义。最后当我完成博物馆时，我问每个人同样的问题，这问题在十二年前他们也问过我——“你为什么要建这个博物馆？”——我似乎找不到一个合理的答案。现在，我觉得最好的答案是一个像《一千零一夜》的故事的解释。某个精灵控制了我，驱使我去建这个博物馆。阿拉丁曾害怕从油灯里出来的精灵，但我所做的让我感到快乐，所以我认为自己是幸运的。

“我曾经写过一位王子，他把所有的财产都抛弃了，这样他就可以成为真正的自己，回到一个废弃的狩猎小屋里，独自一人，与梦相伴。王子最终痛苦地意识到，没有物件，世界和他的生命都毫无意义。似乎我们只有经历心碎才能发现物的秘密。我们必须谦卑地屈服于这个终极秘密的真相。”

——摘自耶拉·萨利克的笔记

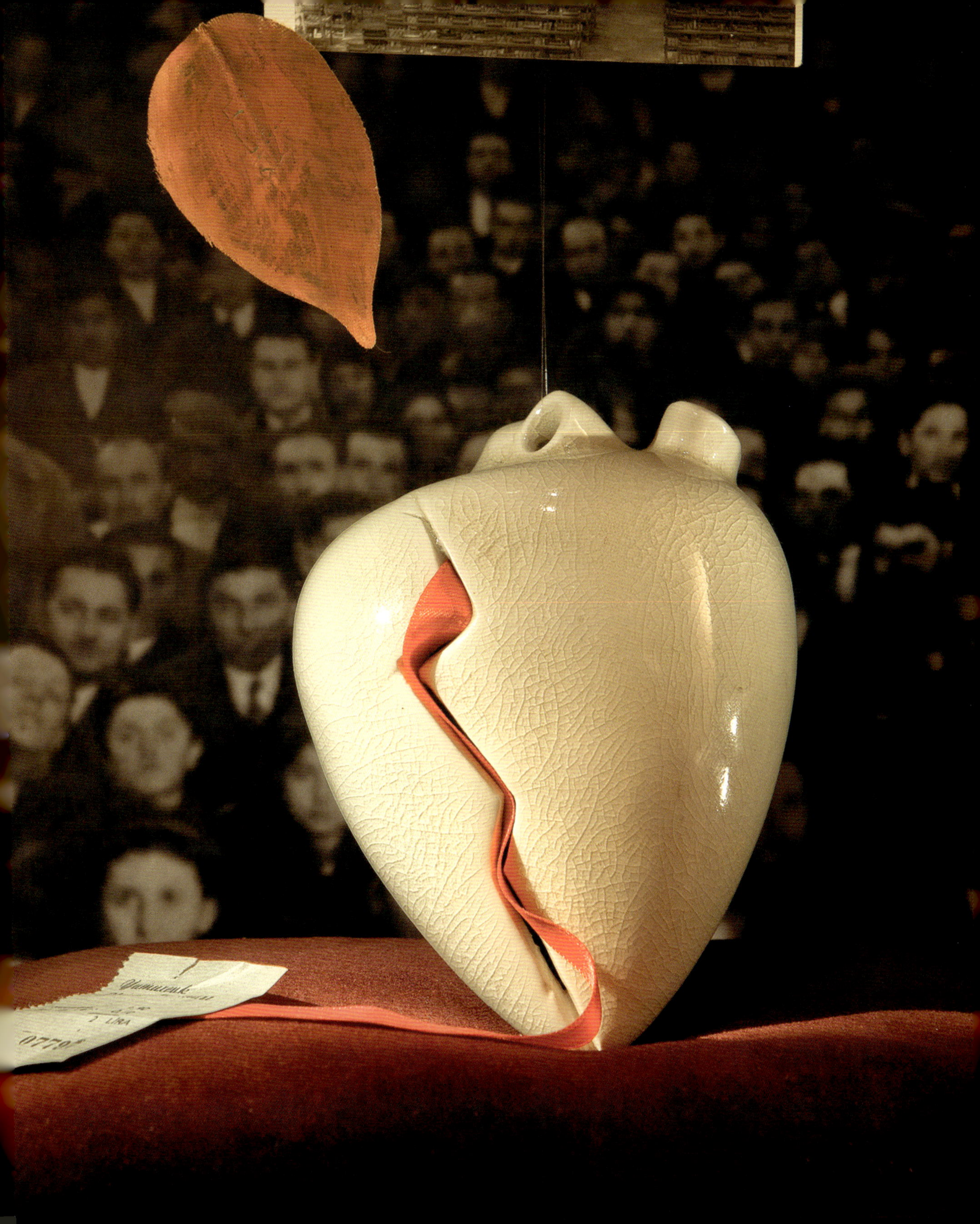
LIRA

72
67
65
64
70
71
63
62
61
69

ÇIKIŞ
EXIT
79

致谢

厄兹盖·居纳克设计了热尼·科隆包，而且请来了伊斯坦布尔老牌的箱包手艺人制作。凯末尔想象中的破碎瓷心，出自厄兹莱姆·沙欣·阿拉波格鲁之手。塞尔坎·阿吉尔格、阿尔达·滕齐曼、迪代姆·阿克逊制作了食品模型。从天堂招贴画到萨特沙特烟灰缸，从芙颂的耳环到老酒馆的广告牌，瓦希特·图纳与我们共同制作了很多物品。剪报里芙颂拿着香烟的那只手，来自萨恰拉·贾姆哲奥卢的出演，图片由奥尔罕·帕慕克拍摄。杰夫代特·埃里克采集了博物馆需要的声源，而且为展览合成了声效。哈古普·萨哈夫为我们重新印制了老电影票、请柬、餐巾和火柴盒。

感谢梅廷·阿贾、塞尔坎·阿吉尔格、埃姆雷·阿克乔拉、费里德·阿克瓦里、埃尔坎·阿克珀纳尔、卡尼·阿克索伊、塞尔丘克·阿尔通、雷菲克·阿纳多尔、德尼兹·阿拉尔、J. 帕特里克·阿尔贝特、尼杰特·阿尔金、克莱尔·比德韦尔、戴维·布拉蒂、简·布莱斯克、艾切·博兹库尔特、德尔特·布恩伦、埃尔辛·贾伊马兹、穆斯塔法·贾伊马兹、基梅特·达斯坦、埃米内·瑟库雷·古尔特金、薇罗妮卡·海尔瓦哲奥卢、埃里克·希默尔、阿赫迈特·伊斯科奇、奥努尔·卡拉奥卢、佩林·基夫拉克、马哈茂德·柯奇坎、瓦西夫·科尔图、贝拉尔·马德拉、埃金·奥克拉普、阿苏曼·奥克塔伊、德尼兹·奥尔琼、埃尔贡·厄曾、盖姆泽·厄泽尔、图鲁尔·帕夏奥卢、亚沙尔·皮拉兹、尼克·绍尔、埃丝特·施利希特、阿利詹·塞克梅、巴哈尔·西贝尔、卡伊·施滕德尔、奥克塔伊·谢内尔、纳赞·谢诺尔、卡拉·施特鲁贝尔、尤尔达居尔·泰金、尼哈特·图纳、阿尔达·滕齐曼、阿卜杜勒-拉赫曼·乌尊、安尼卡·怀达尼、哈鲁克·亚泽哲、扬基·亚泽哲、阿德南·耶尔德兹、努南·耶尔马兹以及穆斯塔法·埃尔詹·泽尔赫。

版 权

照片

阿卜杜拉兄弟：26
无名氏：63、65、67、68、69、71、75（底部）、81（底部）、89、90（底部）、91、96、100、111、118、119、121、125、126、127、133、148、150、154、157、168、169、171、172、173、174、175、184—185、186、188、199、234、240、241、242、243
阿拉·古勒：84、85（顶部）、86、87、129、149、176、178、200、221、222、223、225、238、239
土耳其广播电视公司档案馆：38、255（右侧）
艾登·帕慕克：162、163
卡洛塔·维尔纳：187（右上）、255（左侧）
埃姆雷·阿克乔拉：75、76
京迪兹·帕慕克：81、161
乔安娜·松德尔-普拉斯曼：20、102、103、136
基迈特·达斯坦：229
穆拉特·奥泽尔玛斯：86、112、232（顶部和中间）
奥尔罕·帕慕克：27、28、29、30、32、34、35、42、44、45、47、50、53、97、139、179、216、230、231、232（底部）
厄梅尔·卡武尔：85（底部）
雷菲克·阿纳多尔：封面、6—7、8、11、12—13、14、17、23、31、48、59、60、62、64、66、70、72、73、74、75（顶部）、78—79、80、82、83、84、87、88、90（顶部）、92、93、94、95（物品照片）、96、98、100—101、104、105、108、109、110、114、115、116、117、118、119（顶部）、120、122、123、124、128、130、131、132、137、138、139、140、141、142、144、145、147、151、152、155、156、158、159、160、164、166、167、169（底部）、170、176、177、178、180、181、182、183、189、190、191、194、196、197、198、201、202、204、205、206、207、208、209、210、211、213、214、215、217、218、219、220、221、226、227、228、229、233、234、235、236、237、238、239、244、245、246、247、248、249、250、251、252、253、254、258—259
塞达特·迈德尔：41
锡南·切廷：80、113
塞库雷·帕慕克：16

图画

电影剧照

文
景

社科新知 文艺新潮

Horizon

纯真物件

[土耳其]奥尔罕·帕慕克 著 邓金明 译

出 品 人：姚映然
责任编辑：杨 沁
营销编辑：杨 朗
装帧设计：陆智昌
美术编辑：安克晨

出　　品：北京世纪文景文化传播有限责任公司
(北京朝阳区东土城路8号林达大厦A座4A 100013)
出版发行：上海人民出版社
印　　刷：北京雅昌艺术印刷有限公司

开 本：787mm×1092mm 1/16
印 张：16.75 字 数：120,000
2021年7月第1版 2021年7月第1次印刷
定 价：179.00元
ISBN：978-7-208-16601-1/I·1908

图书在版编目(CIP)数据

纯真物件/(土)奥尔罕·帕慕克(Orhan Pamuk)著；邓金明译. -- 上海：上海人民出版社, 2020
书名原文: The Innocence of Objects
ISBN 978-7-208-16601-1

Ⅰ.①纯… Ⅱ.①奥… ②邓… Ⅲ.①散文集-土耳其-现代 Ⅳ.①I374.65

中国版本图书馆CIP数据核字(2020)第129055号